Ce livre n'est pas fait pour être lu
mais pour être fréquenté
comme un ami proche, secret.
Vous pouvez lui demander
de vous nourrir, il vous nourrira,
de vous éclairer, il vous éclairera,
de vous émouvoir, de jouer,
il jouera avec vous
le jeu le plus mystérieux du monde,
celui du hasard
qui n'existe pas.

Contes
des
sages
de
l'Inde

ISBN 978-2-02-060492-5

© Éditions du Seuil, 27, rue Jacob, 75006 Paris, mai 2003.

www.seuil.com

Contes des sages de l'Inde

MARTINE QUENTRIC-SÉGUY

Seuil

Sagesse des contes,

Ce livre n'est pas fait pour être lu
mais pour être fréquenté comme un ami proche,
secret. Vous pouvez lui demander
de vous nourrir, il vous nourrira,
de vous éclairer, il vous éclairera,
de vous émouvoir, de jouer, il jouera avec vous
le jeu le plus mystérieux du monde, celui du hasard
qui n'existe pas.

Posez-lui une question, inquiète
ou espérante, en tout cas intime,
une de ces questions d'au-delà de
l'intelligence que d'ordinaire on pose
à son cœur, les yeux fermés. Ouvrez-le
au hasard. Quelqu'un est là, qui vous parle.
Il ne vous dit pas seulement quelque chose
de plus ou moins intéressant, non.
Il répond à cette question que
vous n'avez même pas dite à voix haute.
Il y répond à sa manière, qui peut être
déconcertante. Mais ne grimacez pas.
Ce qui vous est dit là s'avère toujours
étrangement sensé.

C'est un jeu que l'on pratique
depuis des millénaires avec des livres
assez constamment aimés pour rester vivants, donc
agissants, malgré le temps accumulé. Nombre de
princes, avant de déployer
leurs bannières, ont ainsi consulté la Bible,

mode d'emploi

ou le Coran, ou les Védas.
Nombre de voyageurs spirituels,
d'êtres un moment perdus, un moment
trop seuls ou simplement soucieux d'éviter
un obstacle – vous et moi, en somme – ont ainsi
demandé à des contes du feu pour leur lanterne.
Et les contes leur ont donné
la lumière dont ils avaient besoin.

Pourquoi, comment, d'où viennent
les réponses ? Il ne faut pas tenter d'expliquer cela.
Il ne faut pas trop en parler non plus.
Je sais, pour les avoir fréquentés toute ma vie,
que les contes sont des vieillards immémoriaux
et bienveillants. Ils connaissent la musique
du cœur du monde. Ils répondent toujours
à nos questions, pour peu qu'ils soient interrogés
avec cette innocence dont ils sont
eux-mêmes pétris.

Gardez ce livre auprès de vous.
Ouvrez-le de temps en temps,
comme on rend visite à un ami.
Et si vous avez besoin d'un conseil,
d'une lumière sur votre route intime,
demandez-lui, par simple jeu. Fermez les yeux.
Ouvrez le livre. Ouvrez les yeux.
Remerciez qui vous voulez.

Henri Gougaud

Sommaire

Empreintes

L'homme était mort, raide, lavé, enveloppé de linges blancs. Son esprit dérivait dans l'entre-deux étrange qui suit le sombre plongeon. Il venait de quitter une vie, une histoire, un monde. Tandis qu'il s'engouffrait dans la spirale lumineuse qui se matérialisait au fur et à mesure devant lui, son aventure humaine lui revint à l'esprit. Il la vit semblable à des pas s'imprimant sur le sable, légers quand la vie était simple ou pétillante de joie, lourds et profonds les jours de détresse. Son attachement à Dieu n'avait jamais failli, il avait vécu en état de mémoire permanente. Il n'avait jamais oublié l'Être.

Aussi le Seigneur l'avait accompagné partout. Il vit sa trace à côté de la sienne. Il sourit. Puis, contemplant encore son chemin, il s'aperçut que la double trace d'empreintes n'était pas constante. Dieu avait traversé avec lui ses bonheurs, mais les jours de malheur, lui, l'humain, le pauvre homme, avait dû cheminer sans compagnie aucune.

Son âme à l'agonie interpella Dieu :

– Seigneur, pourquoi m'as-tu abandonné ? Vois comme j'étais mal, comme j'étais seul !

Dieu, toujours près de lui, répondit :

– Regarde mieux la forme des pas : quand tu étais joyeux j'étais près de toi, mais quand tu souffrais, que tu t'épuisais à affronter les difficultés du monde et ne tenais plus debout seul, je te portais !

L'or du lac

À l'approche de la cime, l'air se fait si ténu,
si transparent qu'il faut inspirer
profondément pour en cueillir d'infimes
parcelles. Les rares voyageurs qui s'achar-
nent à franchir la montagne marchent
en silence sur le filet de terre qui longe les
à-pic. À gauche, l'ardoise brûlante fen-
dille au passage leur peau desséchée par
le soleil. À droite, le regard évite de fouiller
le vide : percevoir l'énorme torrent comme
un fil d'argent au bout du plongeon fait
bondir le cœur entre les dents. Au-dessus,
le ciel d'azur qui surplombe tout nuage
est incommensurable. Ici nul ne sait plus
si l'enfer est en bas ou là-haut.

Au détour d'un aplomb, la paroi disparaît. Le pas hésite. Il se pourrait que le monde finisse ici. Le corps se penche imperceptiblement, l'œil regarde et s'étonne que le chemin soudain s'étale en verdissant. Une herbe tendre attend l'intrépide. À peine plus loin, l'eau débordant d'un lac bondit au pied des bouleaux clairsemés. Leurs feuilles grises et leurs troncs blancs semblent irréels dans le brouillard léger.

Les voyageurs épuisés, autant par la marche que par l'effroi qui les tenaillait tandis qu'ils longeaient l'infini, posent leur bagage au bord des eaux limpides, s'agenouillent, se penchent vers l'eau pour boire et s'arroser le visage, le cou, les bras. Certains ôtent leurs chaussures et trempent leurs pieds meurtris dans l'intense fraîcheur. Enfin, saisissant leurs gourdes, ils versent l'ancien liquide tiédasse qui pue le cuir infusé au soleil, et s'approvisionnent en eau froide et pure.

L'onde est profonde mais si transparente que seul le reflet du ciel la signale au-dessus des galets qui brillent au fond. L'un d'eux plonge le bras et jure, attirant l'attention de tous. Les questions fusent, certains se déplacent pour comprendre.

Là, dans l'eau, un collier de pierres rares et d'or attend d'être cueilli. Récompense pour ceux qui ont osé braver leur vertige ? Une belle dame passant l'aura laissé tomber ! Le lac est transparent mais glacial et profond. L'air très frais n'encourage pas la baignade. La dame n'a pas pu reprendre son bien. Elle était fortunée sans doute, et préférait perdre le joyau que se mouiller par cette froidure. Et puis chacun sait que les lacs de montagne sont habités par des rakshasis, ces êtres mi-fées mi-démons qui s'offensent de toute intrusion dans leur domaine. Ce bijou est peut-être un piège tendu à ceux qui franchissent la crête et le seuil de leur royaume. Si elles ont fait leur parure de ces pierreries, il pourrait être dangereux d'y toucher.

Le plus jeune n'est pas nécessairement le plus brave mais il est le plus fou. Il se déshabille en un tournemain et trotte vers la rive. Sa décision provoque des palabres entre ceux que l'or fascine et ceux qui craignent les rakshasis. Lui persiste, indifférent aux commentaires, et, serrant les dents, laisse l'eau saisir ses genoux, glacer ses cuisses, rétrécir sa virilité. Il inspire profondément puis plonge. Le bijou aussitôt se défait, disparaît. L'homme refait surface, crachote, claque un peu des dents, inspire, plonge encore, touche à nouveau le fond. Son poing ne saisit que cailloux. Sur la rive chacun confirme que le collier a volé en éclats, qu'il s'est répandu dans le lac avant de disparaître. Les rakshasis l'ont repris, assurément !

Le jeune homme remonte rapidement sur la berge, se frictionne énergiquement avec le tissu qu'on lui tend, se rhabille à la hâte et se mouche de ses doigts. Près de lui, soudain, des exclamations fusent. Le collier est revenu. Chacun, perplexe, le regarde. Les craintifs affirment que les rakshasis le protègent. Ceux que l'or aimante froncent les sourcils, cherchent, supputent et tentent d'estimer la profondeur du lac à cet endroit. L'un d'eux le sonde. Il va à la pêche en s'aidant d'une branche morte. Le collier à nouveau se défait, s'éparpille. Le geste brusque du pêcheur déçu casse la branche sèche. Les plus craintifs s'éloignent et préviennent les autres à grand renfort de gestes.

– Les rakshasis vous tendent un piège. Ne voyez-vous pas qu'elles se jouent de vous ? Vous risquez la mort. D'ailleurs, voyez comme il tremble, ce fou qui a osé plonger au mépris de toute prudence. Il est blanc déjà, comme un cadavre !

La peur fait réfléchir. Les palabres reprennent bon train. Le petit groupe bourdonne comme une ruche. Quelqu'un s'en éloigne, fait une pose solitaire, réfléchit pour lui-même. Puis le groupe tout entier glisse jusqu'à la rive et contemple le collier. Enfin la ruche éclate. Les uns reprennent leur bagage et rejoignent en courant ceux qui avaient déjà renoncé, les autres fouillent le paysage du regard pour trouver une branche plus solide que la première. C'est ainsi qu'en levant les yeux ils aperçoivent le collier, suspendu dans un bouleau.

L'intrépide plongeur retrouve ses couleurs, court secouer l'arbre en riant. Là-haut la pie dérangée s'envole tandis que pleuvent des brindilles, des feuilles et de l'écorce. En un bruit mat le collier s'échoue aux pieds des hommes. Ils se précipitent pêle-mêle mains tendues.

– Il est à moi ! crie l'un.

– Pousse-toi ! rugit l'autre.

– Attention ! plaide-t-on ici et là.

La pie plonge, repart en un éclair ; son trésor dans le bec, elle fuit bien loin des imprécations et des jets de pierres. Alors chacun insulte l'autre, les mots sont musclés, les gestes brusques. Tel affirme qu'il le tenait, qu'il fallait le lui laisser, tel autre que c'est de leur faute à eux, que... Sur l'autre bord du lac, la pie laisse choir le collier sur une pierre inclinée. Que pouvait-elle en faire ? Il est trop lourd, immangeable. Par son poids entraîné, il tombe, s'enfonce dans l'eau. Sans vague, sans remous, celle-ci referme sur lui son silence.

Que vois-tu ?

Sur les bords de la Yamuna, deux huttes en branchages étaient établies. Le fleuve les séparait. Dans l'une vivait une sainte, dans l'autre enseignait un ascète. Afin d'éviter de commettre une impureté par le regard ou la pensée, ils avaient convenu, bien des années auparavant, au premier jour de leur retraite, qu'elle se baignerait au lever du jour et lui au coucher du soleil. Aucun, au cours des ans, n'avait jamais failli à cet engagement.

Or voici qu'un matin la sainte, méditant, glissa en telle extase que le temps s'évanouit. Revenant enfin à ce monde, elle constata que la lumière était toujours celle du matin et partit vers le fleuve pour accomplir ses ablutions. S'étant plongée dans le courant, ayant répandu ses cheveux pour les laver, elle vit arriver l'ascète sur la berge opposée. Ce n'était pas l'aube mais la tombée du soir. Le jour avait passé sans qu'elle s'en aperçoive. Afin de ne pas rompre sa promesse, elle sortit de l'eau et allait partir lorsqu'elle entendit l'ascète grommeler derrière elle :

– Mère, n'avez-vous pas honte ?

Elle fit volte-face. Son sârî ruisselant moulait un corps fatigué par les ans. Elle répondit, tranquille et droite :

– Honte, moi ? Non. Si tu attends la honte, c'est que tu la connais. Elle est en toi, pauvre homme.

Il savait bien qu'il n'était pas un sage et que ceux qui venaient à lui persuadés d'en rencontrer un se trompaient, mais comment avait-elle pu, en un instant, deviner sa misère alors qu'ils ne s'étaient pas revus depuis des années ?

– Mère, pourquoi m'accusez-vous ?

– Que vois-tu ?

– Un corps de femme où collent des cotonnades.

– Fumée des apparences. Regarde ! En vérité seul est le Soi ni mâle ni femelle.

Elle disparut soudain, ne laissant sur la berge que deux flaques d'eau grise, là où des pieds nus s'étaient posés. Il resta un moment interdit, puis décida de quitter sa hutte et ses illusions de sagesse. Il renvoya chez eux les disciples et traversa le fleuve. Il approcha la cabane pour tenter d'étudier auprès de la sainte. Nul ne répondit à son appel. Aux paysans du village voisin, il demanda où elle était. Ils lui apprirent que personne n'avait jamais habité la hutte qu'il désignait. Les villageois le regardaient bizarrement, se reculaient en disant :

– Si quelqu'un vous est apparu et si votre esprit n'est pas confus, c'est un démon ou bien un dieu.

Il partit s'installer loin de là, au bord du Gange. Il y médita seul et sincèrement, ne cherchant aucun savoir, aucun pouvoir, aucune gloire mais la seule Vérité. Au fil du temps, les villageois voisins prirent en affection sa simplicité. Aussi, lorsque après des pluies diluviennes le fleuve grossit et qu'ils craignirent une inondation, ils vinrent le prévenir, le priant de quitter sa hutte au bord des eaux pour l'une ou l'autre maison du village, le temps que le fleuve s'apaise.

– Ne craignez rien, répondit-il totalement confiant, je vais prier le Seigneur, il me protégera.

Il resta là, ne changeant rien à ses habitudes. L'eau continuant à monter arriva juste devant la hutte. Les vagues clapotaient au seuil du modeste logis. Les villageois accoururent encore.

– Venez chez nous, saint homme, il pleut toujours, vous risquez la noyade !

– Cessez donc de vous inquiéter. Le Seigneur n'abandonne pas ses enfants, sachez-le !

Malgré leur insistance, il reprit sa méditation, les pieds dans l'eau, le front dans les nuées. Le lendemain l'eau pénétra dans la hutte. Il grimpa sur le toit, s'y assit, priant Dieu ardemment. Une barque accosta contre le mur mouillé.

– Si vous voulez vivre, venez au sec sur la colline, hâtez-vous !

– Hommes de peu de foi ! soupira-t-il avant de revenir à ses oraisons.

L'eau monta jusqu'au toit, elle caressa ses chevilles, entoura sa taille, atteignit son cou. Une barque passait, entraînée par le courant furieux. Le batelier jeta une corde pour qu'il s'accroche et rejoigne les passagers.

– Allez votre chemin, brave homme, Dieu vous bénit pour votre geste, c'est lui qui me soutient, je ne crains rien.
L'eau submergea sa bouche et ses narines.
La maison s'effondra sous lui.

Quand il sortit du tunnel de la mort, au seuil de l'autre monde, il se trouva devant le dieu Vishnou lui-même.
– Ah, s'insurgea-t-il, je t'ai prié, tu m'as répondu que tu arrivais, et me voici, mort. Est-ce ainsi que tu protèges ? Pourquoi m'as-tu trompé ?
– Je suis venu plusieurs fois.
– Mensonge ! Je ne t'ai ni vu ni entendu !
– Ces gens qui t'ont offert l'abri de leur maison, ces barques et ce batelier que tu as refusé d'entendre, qui donc était-ce, sinon moi ? Trois fois je t'ai tendu la main ; toi, tu l'as refusée !
L'ascète demeura muet. Son esprit revit en un éclair la sainte, les villageois, le fleuve enflé, le dieu Vishnou, ombres

dansantes au fond de sa mémoire. Ses illusions se dissipèrent comme fumées dans l'air du soir.
– Je ne suis rien, dit-il.
Il ne vit, n'entendit plus rien, et rien ne fut que Ce qui Est.

On dit qu'au bord du fleuve un sage se baigne au soir, et que seuls le distinguent des brumes les êtres en chemin vers l'Absolu. À ceux-là il parle. Il demande :
– Que vois-tu ?

Jugement

Pûrnimâ, la prostituée, rêva cette nuit-là qu'un brâhmane était venu à elle et l'avait honorée. À son réveil, elle appela sa servante, lui décrivit l'homme et l'envoya demander son dû, car elle n'avait reçu aucun salaire pour ses services.

La servante fit une enquête dans toute la ville, répétant à qui voulait l'entendre que ce gredin de brâhmane avait caracolé la prostituée sans payer ses services. L'affaire fit grand bruit. Chacun l'agrémenta de détails croustillants afin de souligner la duplicité de l'homme.

Ce ne fut qu'en fin de journée que l'infortuné brâhmane fut formellement reconnu. Il passait malencontreusement dans la rue principale, se rendait sans souci au temple pour accomplir les rituels du soir. La servante le vit, se précipita vers lui, exigeant haut et fort le paiement des honoraires dus à sa maîtresse. La foule autour d'eux s'assembla. L'homme fut douloureusement surpris. Il expliqua qu'il avait dormi la nuit dernière auprès de son épouse, comme chaque nuit depuis son mariage, qu'il y avait donc erreur sur la personne. Mais, depuis le temps que chacun le décrivait et expliquait son forfait à toute oreille consentante, il était déjà jugé, on ne pouvait se déjuger. Il était forcément coupable, condamné à payer la dette et les dépens. La foule grossit, insista, se fit menaçante. Le malheureux innocent était pauvre. Il expliqua, plaida sa cause, bégaya, s'affola bientôt. Il se mit à prier Krishna :

– Seigneur, Toi qui as sauvé Draupadi de la honte quand les Kaurava voulaient arracher son sârî, Toi qui soulevas la colline de Govardharna pour sauver les villageois de l'inondation, Toi qui as vaincu le dieu Indra lui-même, viens à mon aide, montre que je suis innocent, sauve-moi de leur colère, quand bien même je voudrais payer pour me sauver de ce danger, tu sais que je suis sans le sou ! Dans l'instant le roi passa à cheval avec sa suite, il s'arrêta pour demander ce qui causait un tel trouble sur la voie publique. Chacun raconta son histoire et l'affaire devint de moins en moins com- préhensible. Le roi décida donc de régler le conflit en entendant lui-même, dans un lieu tranquille, la prostituée et le brâh- mane. Ils furent convo- qués au palais sans délai.

Dans la grande salle du trône, l'un et l'autre, amenés entre des gardes, attendaient de pouvoir s'expliquer. Le roi s'installa confortablement puis demanda au brâhmane, interrogé le premier par respect pour sa caste, ce qu'il avait à déclarer.

– Sire, cette femme m'accuse d'avoir eu, cette nuit, recours à ses services sans la payer. C'est faux car je dormais auprès de mon épouse.

– Elle pourrait en témoigner ?

– Oui, Sire. J'ajoute que mon épouse est jeune et belle, que nous sommes de même caste, que l'honorer ne m'expose à aucune impureté, alors que cette prostituée est de basse caste, qu'elle n'est plus très jeune ni très belle. Ces motifs me semblent suffisants pour témoigner que je dis vrai.

Le roi voulait bien croire le brâhmane, mais il avait vu et entendu tant de situations humaines étranges depuis qu'il était souverain et rendait la justice, que les arguments avancés et le témoignage d'une épouse ne lui paraissaient pas nécessairement tout à fait convaincants.

Il donna la parole à la prostituée :

– Et vous, madame, qu'avez-vous à déclarer ?

– Majesté, je ne suis plus très jeune et ma caste est certes basse. Cela signifie-t-il qu'on puisse user de moi sans bourse délier ? Cet homme m'a rendu visite dans un rêve la nuit dernière. Je n'oserai jamais vous dire ce qu'il a exigé de moi, Sire, et cela dura de minuit à l'aube ! J'insiste pour recevoir le juste prix de mes services.

Le roi demeura un moment tranquille et silencieux. Enfin il déclara :

– Femme, vous allez recevoir le juste paiement de cette dette-ci.

Le brâhmane crut s'étrangler en entendant prononcer semblable jugement, mais n'osa pas s'insurger. Il resta immobile, persuadé soudain qu'il payait au prix fort une faute, par lui oubliée mais terrible, commise dans une vie précédente.

Le roi ne fit qu'un signe, un esclave apporta un large miroir. Le roi montra le sol, le miroir y fut déposé, au milieu de la salle du trône. Le souverain invita le brâhmane à accrocher sa bourse avec ce qu'elle contenait à une corde. La corde fut accrochée à l'anneau qui retenait par temps chaud l'éventail de feuilles de palmes au plafond de la salle. Alors le roi intima à la prostituée :

– Veuillez saisir la bourse dans le miroir.

– Mais, je ne peux pas saisir le sac dans le miroir, je veux de l'argent sonnant, palpable !

– Prends ou va-t'en, dit le roi. Le juste prix d'un rêve est une bourse dans un miroir !

Béquilles

Le roi tomba de cheval. Il se brisa si gravement les jambes qu'il en perdit l'usage. Il apprit donc à circuler avec des béquilles, mais supportait mal son invalidité. Voir autour de lui les gens de sa cour valides lui devint bientôt insupportable et lui gâta l'humeur. Il refusa de se montrer amoindri. « Puisque je ne peux pas être semblable aux autres, se dit-il un matin d'été, chacun sera semblable à moi. » Il fit donc publier dans ses villes et villages l'ordre définitif que chacun s'embéquille, sous peine de mort immédiate. Du jour au lendemain, le royaume entier fut peuplé d'humains invalidés.

Au début, quelques provocateurs sortirent au grand jour sans aucun support. Il fut certes difficile de les rattraper en courant, mais tous furent un jour ou l'autre arrêtés, condamnés, exécutés pour l'exemple. Nul n'osa réitérer la provocation. Afin d'assurer la sécurité de leurs enfants, les mères enseignèrent d'emblée à leurs bambins à marcher avec des béquilles. Il fallait s'y faire, on s'y fit.

Le roi vécut très vieux. Plusieurs générations naquirent sans jamais voir personne circuler librement sur deux jambes. Les anciens disparurent sans rien dire de leurs lointaines promenades, sans oser ensemencer dans l'esprit de leurs enfants et petits-enfants le dangereux désir d'une marche indépendante.

À la mort du roi, quelques vieillards tentèrent de se libérer des béquilles, mais il était trop tard, leurs corps usés en avaient besoin désormais. Les survivants, pour la plupart, ne savaient plus

se tenir droit. Ils demeuraient prostrés
sur quelque siège ou allongés dans un lit.
Ces tentatives isolées furent considérées
comme de doux délires de la part de
vieillards séniles. Ils eurent beau conter
qu'autrefois on marchait librement, sans
béquilles, on les considéra de haut, avec
l'indulgence joyeuse accordée aux radoteurs.
– Mais oui, grand-père, allons, c'était sans
doute au temps où le bec des poulets était
orné de dents !
Et un rire au coin des yeux,
un clin d'œil échangé entre
eux, ils hochaient la tête en
écoutant la vieille voix, avant
d'aller rire en coulisse.

Loin, là-haut dans la
montagne, vivait un
solide vieillard soli-
taire qui, sitôt le roi
défunt, jeta sans hésiter
ses béquilles au feu. En

fait, depuis des années, il n'avait jamais utilisé les béquilles chez lui ou seul dans la nature. Il les utilisait dans le village pour éviter les ennuis mais, n'ayant ni épouse ni enfant, il ne s'était pas privé du plaisir de sa belle et bonne marche. Il n'exposait personne d'autre que lui, et encore très secrètement ! Le lendemain matin, il sortit vaillamment sur la place du village, se dressa devant les villageois médusés :

– Écoutez-moi, il nous faut retrouver notre liberté de mouvement, la vie peut reprendre son cours naturel car le roi invalide est mort désormais. Demandons que soit abrogée la loi qui contraignait les humains à marcher avec des béquilles !

Tous le regardaient, les plus jeunes furent immédiatement tentés. La place grouilla bientôt d'enfants, d'adolescents et autres sportifs qui essayaient d'avancer sans béquilles. Il y eut des rires, des chutes, des écorchures, des bleus, mais aussi quelques membres cassés car les muscles des jambes et des dos n'avaient jamais appris à porter les corps. Le chef de la police intervint :

– Arrêtez, arrêtez ! C'est trop dangereux. Toi, l'ancien, va vendre tes talents dans les foires. Il est clair que les humains ne sont pas faits pour marcher sans béquilles ! Vois ce que ta folie a provoqué de plaies, de bosses et de fractures !

Laisse-nous vivre normalement. Disparais, et si tu veux vivre tranquille, ne tente plus de dévoyer cette belle jeunesse !
L'ancien haussa les épaules et s'en revint à pied chez lui.

La nuit venue, il entendit gratter discrètement à sa porte. C'était si léger qu'il attribua ce bruit à une branche agitée par le vent. Il n'ouvrit pas. Alors quelqu'un frappa nettement à la porte.
– Qui êtes-vous ? Que voulez-vous ? demanda-t-il.
– Ouvrez, grand-père, s'il vous plaît, chuchota une voix.
Il ouvrit.
Dix paires d'yeux brillants le regardaient ardemment. Un gamin s'avança et murmura :
– Nous voulons apprendre à marcher comme vous. Accepteriez-vous de nous prendre pour disciples ?
– Disciples ?

– Maître, c'est là notre désir.

– Enfants, je ne suis pas un maître, je ne suis qu'un humain en bon état de marche, au sens le plus simple du mot.

– Maître, s'il vous plaît, plaidèrent-ils ensemble.

L'ancien eut envie de rire, mais, les contemplant un moment, il fut ému. Il comprit que l'affaire était grave, essentielle même, que ces enfants-là étaient courageux, ardents, pétris de vie. Ils portaient les chances de l'avenir. Il ouvrit sa porte largement pour les accueillir.

Des mois durant, sans rien dire à personne, ils vinrent seuls ou par deux pour rester discrets. Quand ils furent assez habiles, ils allèrent à pied, ensemble, au village.

– Regardez, dirent-ils, voyez-nous, c'est facile et c'est joyeux ! Faites donc comme nous !

Une vague de panique envahit les cœurs craintifs. On fronça les sourcils, on les montra du doigt, on s'effraya beaucoup. La police vint à cheval pour faire cesser le scandale. Le vieux fut arrêté, traduit en justice, condamné selon l'édit royal et exécuté pour avoir perverti dix innocents.

Ses disciples, révoltés par le traitement infligé à leur maître, plaidèrent haut sur les places qu'ils marchaient et s'en trouvaient bien, montrant à qui voulait les voir combien il était confortable d'avoir les mains libres et les jambes prestes. Leurs démonstrations furent jugées fallacieuses. Ils furent arrêtés, jetés en prison. On estima cependant qu'ils avaient été entraînés dans l'erreur et on leur accorda des circonstances atténuantes, aussi ne furent-ils condamnés qu'à des peines légères. Certains obstinés ne voulurent pas renoncer à prétendre qu'il fallait marcher sans béquilles. La communauté inquiète, bousculée dans ses habitudes par leur étrangeté, les rejeta prudemment loin du village en leur conseillant une carrière dans les foires. Pour ceux qui étaient restés et qui insistaient vraiment trop vivement, il fallut parfois appliquer strictement la loi; en général, cependant, ils furent plutôt considérés avec commisération et traités comme les fous du village, tenus à distance des enfants ou des bonnes familles.

Aujourd'hui encore, on chuchote le soir à la veillée et à mots couverts qu'il existe malgré tout, ici et là dans le monde, de petits groupes qui ne semblent pas fous et qui prétendent marcher seuls, sans béquilles. C'est invérifiable. On enseigne aux enfants que ce sont là des contes.

Victoire !

Le roi Yudishtira était la vertu même. Un jour, un miséreux s'approcha de son trône, se prosterna, se releva en tendant des mains suppliantes et sollicita son aide.

– Venez me voir demain matin, répondit le souverain, je ferai pour vous tout ce que je pourrai.

Bhîma, frère du souverain, qu'on nommait « le Terrible », passait par là. Il entendit la réponse. Il s'en fut aussitôt mettre en branle la cloche des réjouissances exceptionnelles, celle qui ne sonnait que les jours de victoire, de mariage princier, de naissance royale et autres événements aussi rares qu'heureux. La foule vint, curieuse et prête à la liesse. Yudishtira lui-même vint sur la grand-place afin d'être informé.

– Ai-je oublié, dit-il, un grand jour, une fête ? Qui donc a ordonné que résonne aujourd'hui le carillon royal ?

– C'est moi, Bhîma, lui répondit son frère.

– Dis-nous, Bhîma, ce qui mérite d'être ainsi célébré.

– La victoire du roi sur l'invincible mort ! Il lui a arraché une journée de vie !

– Mon frère, que chantes-tu ? Je n'ai vaincu personne, et surtout pas la mort !

– Un homme est venu solliciter ton aide et tu la lui as promise pour demain matin. Ainsi je sais qu'au moins jusqu'au prochain soleil tu es sûr de ne pas mourir. N'est-ce pas une victoire sur la mort ? Une grande victoire !

Yudishtira le salua en riant, fit rappeler le miséreux et fit ce qu'il devait sans attendre demain.

Drôles de vies

De longues années durant, le brâhmane avait prié, vécu dans l'austérité, médité de longues heures, étudié les Écritures. Ce matin-là, il partit se baigner à la rivière. Une question le tourmentait : « Qu'y a-t-il réellement après la mort ? Certes les sages et les Écritures décrivent abondamment l'invérifiable au-delà, mais sait-on qui est véritablement sage ? Qui pourrait dire ? »
Tandis qu'il se baignait, un courant inattendu le saisit, l'emporta, le noya. Son esprit quitta ce corps mort pour pénétrer celui d'un enfant à naître. C'était un garçon dont le père était cordonnier, de

la caste des intouchables. Il grandit, apprit le métier de ses ancêtres, épousa une femme de la même caste, conçut une grande famille. Au fond de lui cependant une petite voix répétait : « Es-tu ce corps, cet esprit inquiet ? Es-tu ce fils, ce cordonnier, cet époux, ce père ? » Souvent il allait marcher le long du fleuve, cherchant comment se libérer de ces encombrantes questions, faute de leur trouver une réponse acceptable.

Un matin, tandis qu'il marchait pensivement, un éléphant gigantesque, superbement paré, glissa sa trompe sur son épaule droite, tandis qu'un faucon bagué d'or se posait sur son épaule gauche. Des cavaliers surgirent, des trompes sonnèrent, il fut aussitôt entouré puis emporté jusqu'au palais. Le souverain du pays était mort sans laisser d'héritier au trône. Aussi, selon la tradition, son éléphant et son faucon avaient été lâchés au hasard afin que, dans leur innocence, ils désignent le nouveau roi. Le premier homme qu'ils désignaient ensemble montait sur le trône. Lui, l'intouchable, était devenu roi. Au fond de lui, cependant, la petite voix continuait : « Es-tu ce corps, cet esprit raisonneur ? Es-tu ce fils, ce cordonnier, cet époux, ce père, ce roi ? » Il ne pouvait plus marcher seul le long du fleuve, sa lourde charge le lui interdisait. Il fit comparaître devant lui tous les sages, les savants et les moines du royaume, leur posa sa question. Tous avaient des réponses, semblables ou différentes, mais aucun ne lui fournissait une réponse qui put l'apaiser.

La peste s'abattit bientôt sur le royaume. Ceux qui avaient applaudi à l'élection du roi choisi par l'éléphant et le faucon commencèrent à s'inquiéter : « Fallait-il accepter un intouchable sur le trône, fût-il choisi selon d'antiques traditions ? Sa présence n'avait-elle pas pollué le royaume et ses habitants ? » On se querella.

Il y eut des émeutes. Certains s'exilèrent, d'autres se lancèrent dans des austérités redoutables. Pire encore, quelques-uns se suicidèrent par le feu. Le roi était catastrophé. Il décida de remédier au scandale de façon à l'effacer entièrement et à purifier le royaume pour la sauvegarde de tous ces êtres qui dépendaient de lui. Il se jeta dans le feu.

Aussitôt son esprit rejoignit le corps du brâhmane emporté par la rivière. Il se laissa porter par les remous, s'accrocha aux racines qui plongeaient dans le courant, rejoignit enfin la rive, sortit tout étourdi de l'eau, et rentra chez lui.

Comme il passait le seuil, sa femme s'étonna :

– Te voici bien rapide ce matin ! L'eau était-elle si froide ? As-tu déjà eu le temps de te baigner et de prier ?

Le brâhmane sourit mais ne répondit pas. Il pensa : « Se peut-il que j'aie reçu la réponse à ma question ? Ai-je rêvé cette noyade, ces vies de cordonnier et de roi, ou les ai-je vécues ? »

Quelques jours plus tard, un homme arriva dans le jardin du brâhmane. Il mendiait car il avait fui, comme beaucoup, le lointain pays de ses pères ravagé par la peste depuis qu'un intouchable avait succédé au vieux roi trépassé sans héritier mâle. Le brâhmane le regardait, l'écoutait, en silence. Son épouse en toute innocence posait des questions, le mendiant en répondant donnait tant de détails que le doute était impossible. Cet homme venait du royaume sur lequel il avait régné le temps d'une vie, ou d'un rêve. Laissant son épouse nourrir l'homme généreusement, il s'en fut au bord de la rivière.
Il regardait passer le courant sans le voir. « Est-ce possible ? Je fus brâhmane, je

suis mort. Puis j'ai vécu toute une vie de cordonnier avant d'être roi d'un pays maudit. Me voici revenu dans ma première peau sans en être sorti, du moins apparemment. Ici, mon épouse s'étonne que je rentre si vite. Ni elle ni nos enfants n'ont vieilli d'un jour. Drôles de vies!»

Il se souvint d'une page du Yoga Vashishta où le roi Janaka s'éveillant demandait à son gourou: «J'ai rêvé que j'étais un mendiant rêvant qu'il était un papillon. Qui suis-je? Le roi Janaka, un mendiant ou un papillon?»

Il revenait le front bas, marchant lentement, et une autre question l'assaillait: «Qu'est-ce que la vie? Où est la véritable réalité?»

Miroirs

Un homme très imbu de lui-même fit recouvrir de miroirs tous les murs et le plafond de sa plus belle chambre. Souvent il s'enfermait là, contemplait son image, s'admirait en détail, dessus, dessous, devant, derrière. Il s'en trouvait tout ragaillardi, prêt à affronter le monde.

Un matin il quitta la pièce sans refermer la porte. Son chien y pénétra. Voyant d'autres chiens il les renifla; comme ils le reniflaient, il grogna; comme ils grognaient, il les menaça; comme ils menaçaient, il aboya et se rua sur eux. Ce fut un combat épouvantable : les batailles

contre soi-même sont les plus féroces
qui soient ! Le chien mourut, exténué.

Un ascète passait par là tandis que le
maître du chien, désolé, faisait murer la
porte de la pièce aux miroirs.
– Ce lieu peut beaucoup vous apprendre,
lui dit-il, laissez-le ouvert.
– Que voulez-vous dire ?
– Le monde est aussi neutre que vos
miroirs. Selon que nous sommes admi-
ratifs ou anxieux, il nous renvoie ce que
nous lui donnons. Soyez heureux, le
monde l'est. Soyez inquiets, il l'est aussi.
Nous y combattons sans cesse nos reflets
et nous mourons dans l'affrontement.
Que ces miroirs vous aident à comprendre
ceci : dans chaque être et chaque instant,
heureux, facile ou difficile, nous ne voyons
ni les gens ni le monde, mais notre seule
image. Voyez cela et toute peur, tout
refus, tout combat vous abandonneront.

L'esclave

Un riche propriétaire terrien avait découragé toute la population des villages environnants. Il était tellement avare et exigeant que tous avaient l'un après l'autre abandonné ses champs. Faute de bras pour remuer ses terres, il fut bientôt contraint d'en laisser une large portion à l'abandon. Il obligeait sa femme et ses enfants à cultiver le reste, soit une surface si vaste que les malheureux étaient décharnés, hébétés de fatigue.

Un moine vint quêter à sa porte. Il avait si beau visage, si grande allure, que l'avare n'osa pas lui refuser une aumône. Mais comme il ne savait pas donner sans recevoir, après avoir offert sa mince obole, il se mit à gémir sur le mauvais sort qui le condamnait, ainsi que sa famille, à courber l'échine sur une terre que nul ouvrier ne voulait cultiver. Le moine l'écoutait attentivement. Quand la plainte cessa, il salua, s'apprêta à repartir. Mais le riche quêta l'aide du renonçant.

– Aidez-moi, demanda-t-il.

– Je vais vous donner un mantra, formule mystique et secrète, dit le moine, répétez-le d'un cœur pur, soyez très attentif aux pensées qui vous habiteront lorsque vous le prononcerez : ce mantra est si puissant qu'il matérialise les désirs !

Il lui dit à l'oreille les paroles secrètes, répéta une fois encore qu'il fallait purifier les désirs avant de l'utiliser, puis reprit la route.

Lorsque la femme et les enfants revinrent à la tombée du jour, ils trouvèrent le maître de céans l'œil vague, marmonnant son mantra. Il était tellement occupé qu'il ne fut ni chagrin ni violent. Ils purent se nourrir sans que chaque bouchée leur soit reprochée, aller dormir sans être rabroués et traités de fainéants. Le lendemain, il demeura l'œil vague, marmonnant son mantra. Sa famille se réjouissait du changement opéré en lui. Ils se prirent à l'estimer, à lui trouver des qualités. Mille jours il resta enclos dans son mantra, obstiné à le dire et redire sans cesse. Le millième soir, le fruit de ses désirs surgit soudain devant lui. C'était un démon haut et large :

– Maître, lui dit-il, je suis ton esclave obéissant, tout dévoué à ton service. Sache cependant que je ferai tout ce que tu voudras à condition que tu ne me laisses jamais un instant inoccupé. Si je devais demeurer un instant inactif, ma nature est telle qu'à l'instant même je te dévorerais.

Le bonhomme sourit : il savait que ses terres étaient vastes et qu'elles n'avaient pas été entretenues. L'énergique démon, prêt à travailler pour lui, était assurément un cadeau des dieux. Il l'envoya donc nettoyer toutes ses friches et s'en fut, souriant, annoncer la nouvelle à son épouse.

– Femme, nos épreuves s'achèvent. J'ai reçu, comme fruit de mes prières et réponse à mes désirs, un démon aussi puissant qu'industrieux. Il va désormais travailler nos terres.

L'épouse s'effraya bien un peu du cadeau mais n'osa ni questionner, ni exprimer son inquiétude.

Le temps qu'il prenne un bain et s'installe pour le dîner, le démon était revenu.

– Maître, j'ai nettoyé toutes tes terres incultes.

Ledit maître fut étonné de la rapidité, soupçonna quelque imposture. Il grimpa sur le dos de son esclave qui répétait :

– Et maintenant, que dois-je faire ? Et maintenant, quel est mon ouvrage ? Et maintenant, quels sont tes ordres ?

– Montre-moi mon domaine ainsi que le travail accompli.

Ils s'en furent donc ensemble en tournée d'inspection.

À perte de vue les champs étaient retournés, la terre offrait ses sillons aux oiseaux qui faisaient bombance de vers fuyant dans les mottes humides. Les branches mortes sous les arbres étaient liées en fagots, les arbres fruitiers étaient dégagés, élagués, tuteurés de neuf. L'homme s'émerveilla. Une dernière fois le démon demanda :

– Ai-je de l'ouvrage ou dois-je te dévorer ?

L'autre, le cœur battant, lui répondit en hâte :

– Procure-toi des graines et sème maintenant.

Il faisait presque nuit, les magasins de grains, situés à des lieues de là, devaient être fermés à cette heure tardive. Il pensait avoir gagné du temps. Hélas, il n'était pas assis sur sa véranda que le démon revenait. Il avait réveillé le marchand qui, terrorisé, lui avait procuré tout le grain qu'il voulait. Il avait ensemencé les champs fraîchement labourés d'un seul et ample geste.

– Et maintenant, dit-il, maintenant que dois-je faire ?

– Creuse une citerne pour recevoir toute l'eau des pluies de mousson afin que ma famille et mes terres ne souffrent plus jamais de soif.

Sitôt dit, sitôt fait. Le temps d'une tasse de thé qui lui resta dans la gorge, et le bonhomme retrouvait le démon radieux, fier de lui, à peine parti déjà revenu :

– Du travail ! Du travail ! Vite, mon maître, vite !

– Creuse un puits jusqu'au cœur de la terre, trouve l'eau que chauffent les dieux pour leurs ablutions et fais-la jaillir dans un bassin profond afin que je

puisse toujours me baigner à mon aise.
Le démon repartit et son maître s'effondra car il savait qu'aussi loin qu'il faille
creuser, il ne faudrait pas longtemps
avant que son esclave le dévore ! Son
épouse, le voyant abattu, s'inquiéta de la
panique qui l'avait saisi :

– Que vous arrive-t-il ?

– S'il manque de travail, ce démon me
dévore. Or il agit si vite que je ne pourrai pas l'occuper bien longtemps !

– Ce n'est que cela ? lui répondit l'épouse.
Ne vous inquiétez plus. Assurez-vous
qu'il accomplit tout ce qui devait l'être
car vous ne trouverez pas de
sitôt un ouvrier d'une telle
efficacité. Lorsque vous n'au-
rez plus rien à lui demander,
envoyez-le moi, je l'occuperai.
La nuit n'était pas finie que le
démon se dressait devant son
maître. Il avait creusé la
terre, trouvé une source

chaude, canalisé son eau, construit un bassin pour la recevoir.

– Maître, ton bain est prêt. Que veux-tu de moi maintenant ?

– Va voir mon épouse, elle a de l'ouvrage pour toi. Lorsqu'il sera fini, tu pourras me dévorer. T'occuper nuit et jour est un labeur trop lourd pour ma pauvre tête.

Il se désolait, se souvenant qu'il aurait dû contrôler ses pensées tout en récitant le mantra. « Mes désirs étaient-ils tellement tyranniques, voraces ? De quelle terrible réincarnation paierai-je cette vie-ci ? » Les larmes ruisselèrent sur ses joues, sur ses mains. Il demeurait absorbé sans voir passer une première nuit, puis une deuxième, puis une lune. Un long temps s'écoula. Réconcilié avec l'idée de sa mort, il sortit de sa torpeur. Il s'étonna de voir que les plantations dans ses champs étaient déjà sorties de terre, que tant de jours avaient passé. Il courut dans la maison, craignant que le démon n'ait dévoré son épouse, plutôt que lui, lorsqu'elle avait manqué d'ouvrage. La maison était paisible, gaie. Les enfants chantonnaient, son épouse entra dans le salon, sourire aux lèvres.

– Le démon ? l'interrogea-t-il.

– Oh je l'ai occupé ! Il a réparé le toit, agrandi la maison, peint les murs, raccommodé tout notre linge, filé des draps pour nous, nos enfants et nos petits-enfants, puis je lui ai confié l'un de mes cheveux.

– Vous lui avez confié l'un de vos cheveux ? Dans quel but ?

– Mes cheveux sont frisés, vous le savez. Je lui ai seulement demandé d'en défriser un, de me le rendre lisse et raide.

– Il l'a fait, sûrement. Ce démon peut tout faire.

– Non. Il a essayé. Il l'a mouillé pour l'allonger, mais en séchant le cheveu frisait comme jamais. Alors il l'a battu, mais s'il acquit quelques angles dans le traitement il n'en frisait pas moins. Enfin, voulant le redresser au feu à qui rien ne résiste, il est allé chez le maréchal-ferrant, l'a soumis à la flamme. Quand il est revenu me dire que mon cheveu avait disparu, je lui ai demandé de le retrouver et de ne pas revenir sans le rapporter.

Le bonhomme embrassa les mains de son épouse. Soulagé, il préféra désormais payer le prix de toutes choses plutôt que risquer d'être dévoré par ses démons.

Bien mieux

Trois fakirs et une mendiante arrivèrent au village depuis les quatre horizons. Chacun espérait retenir toute l'attention et la générosité des villageois. Hélas pour la mendiante, elle était âgée, plutôt laide et décharnée, elle n'avait de surcroît ni parole facile ni talent particulier. Elle ne pouvait donc compter que sur la compassion que son état était susceptible d'inspirer. Les trois fakirs se moquèrent d'elle et lui conseillèrent de continuer son chemin, mais il se faisait tard et elle était fatiguée. Elle se colla contre la porte du temple, et faute d'espérer un secours des humains, elle pria la déesse Durgâ de l'aider.

Les trois fakirs sur la grand-place se mirent à s'interpeller, se défier, se provoquer à voix sonnante pour attirer les regards de tous. Dans le feu des rodomontades, l'un d'eux ramassa un vieil os, le brandit haut et prétendit :

– Vous voyez cet os, c'est un os de tigre, eh bien moi qui vous parle, à partir de lui seul je peux reconstituer tout le squelette de l'animal !

Sans hésitation, il marmonna un mantra et, merveille, le squelette entier d'un tigre apparut sur la poussière du chemin.

Le second haussa les épaules et affirma :

– Broutilles, je fais bien mieux que multiplier les os, par la puissance de mes mantras, je peux rendre son sang, sa chair et sa toison au tigre !

Sans hésitation, il marmonna aussi un mantra et, merveille, le tigre fut là, le museau affalé parmi les herbes jaunes, le poil un peu terne mais bien rayé d'or et de noir.

Le troisième bomba le torse et s'avança, moqueur :

– La belle affaire vraiment que de rendre visible un pauvre tigre mort. Je fais bien mieux, par le sublime mantra auquel je fus initié, je suis capable de lui rendre la vie !

La vieille jusqu'alors muette ouvrit grands les yeux et s'écria :

– Fils, nous te croyons sur parole !

Mais le fakir tout gonflé de lui-même, chassant d'invisibles mouches entre elle et lui, rétorqua :

– Me croire sur parole, vraiment ? Tu crains que je me ridiculise. Tu supposes que j'exagère.

Ah mais tu te trompes! Sache que moi, ici présent, j'ai le pouvoir de jouer avec la vie. Et à quoi servirait un pouvoir qui resterait inutilisé? Regarde, ébahis-toi, et prends-en de la graine.

Prestement la vieille glissa derrière la porte du temple que Durgâ referma sur elle, tandis que le troisième fakir rugissait son mantra de vie. Merveille des merveilles, le tigre se dressa aussitôt sur ses pattes, le poil rude, les canines scintillantes. Superbe, il bondit élégamment, croqua les trois hommes. Depuis le temps que ses os séchaient, il avait très grand-faim. Son festin achevé, la mendiante le vit se lécher les babines, s'avancer dans le temple et se confondre avec le grand tigre de marbre que chevauchait l'effigie de Durgâ.

La vieille, encore tremblante, s'approcha du sanctuaire sans qu'aucun des brâhmanes témoins de tout cela n'ose lui rappeler les limites fixées aux hors-caste de sa sorte. Pieusement, tendrement, comme une enfant parle à sa mère, elle brûla de l'encens, murmura des prières, revint modestement reprendre sa place dans l'ombre oblique du portail.

L'histoire, comme un vol de guêpes, bourdonna autour du village et chacun accourut, une offrande à la main, curieux de voir celle que Durgâ la déesse avait gardée de la folie des hommes. Elle fut ainsi nourrie, vêtue, logée, soignée, bien mieux qu'elle ne l'avait jamais été en cette vie. Elle demeura un temps dans le giron de la divine mère, près du temple. Un matin, elle repartit avec le vent.

Compassion

Râmânuja, l'un des trois grands maî-tres du Védânta, était généreux. Il regardait tous les humains pareillement, offrait à tous son attention, aux hommes comme aux femmes quelle que soit leur caste. Il était même chaleureux à l'égard des hors-caste. Il scandalisait les gens de son temps.

Au temps où il cherchait encore sa voie, il approcha un maître et le pria de l'ini-tier. Il lui offrit une noix de coco. Le maître, reconnaissant une grande âme, prit la noix, la fendit d'un coup sec. Ainsi fut-il dit sans parole que son mental était brisé et que son ego pouvait s'écouler.

Puis il murmura à l'oreille du disciple le mantra sacré.

– Répète-le avec tendresse, avec intelligence bien sûr, avec abandon et passion, avec détachement surtout. Ce mantra est d'une grande puissance, il te libérera sans faute de l'ignorance. Répète-le en secret, garde-le au fond de ton cœur, ne le communique à personne.

– Pourquoi donc ne puis-je le dire à haute voix, devant les gens ?

– Si tu le divulgues il libérera celui qui l'aura entendu, mais toi, tu continueras à errer dans ce monde, plein d'ignorance et de douleur.

Râmânuja quitta le maître, grimpa aussitôt sur le toit du temple le plus haut. De là il appela la population d'une voix forte :

– Venez et écoutez bien : le maître m'a donné le puissant mantra qui sauve assurément celui auquel il est transmis. Entendez-le, répétez-le : « Aum namo

narayana. » Vous l'avez bien entendu ?
« Aum namo narayana, Aum namo narayana ! »

Le maître aussi l'avait entendu, évidemment. Il fit appeler Râmânuja. Le disciple vint sans tarder.

– Pourquoi, malgré mon avertissement, as-tu divulgué ce précieux mantra sur la place publique ? lui demanda-t-il, effaré.

– Je suis prêt à vivre encore mille vies d'ignorance et de douleur si ceux que je vois là, devant moi sur la place, sont tous sauvés dès cette vie, répondit paisiblement le disciple.

Injures

Le Bouddha enseignait partout où il passait. Or un jour qu'il parlait sur une place de village, un homme vint l'écouter parmi la foule. L'auditeur se mit bientôt à bouillir d'envie et de rage. La sainteté du Bouddha l'exaspérait. N'y pouvant plus tenir, il hurla des insultes. Le Bouddha demeura impassible. L'homme fulminant quitta la place.

Comme il avançait le long des rizières à larges enjambées, sa colère s'apaisait. Déjà le temple de son village grandissait au-dessus des rizières. En lui monta la conscience que sa colère était née de la jalousie et qu'il avait insulté un sage. Il se sentit si mal à l'aise qu'il rebroussa chemin, décidé à présenter des excuses au Bouddha.

Lorsqu'il arriva sur la place où l'enseignement continuait, la foule se poussa pour laisser passer l'homme qui avait insulté le Maître. Les gens incrédules le regardaient revenir. Les regards se croisaient, les coudes étaient poussés pour attirer l'attention des voisins, un murmure suivait ses pas. Lorsqu'il fut suffisamment près, il se prosterna, suppliant le Bouddha de lui pardonner la violence de ses propos et l'indécence de sa pensée. Le Bouddha, plein de compassion, vint le relever.

– Je n'ai rien à vous pardonner, je n'ai reçu ni violence ni indécence.

– J'ai pourtant proféré des injures et des grossièretés graves.

– Que faites-vous si quelqu'un vous tend un objet dont vous n'avez pas l'usage ou que vous ne souhaitez pas saisir ?

– Je ne tends pas la main, je ne le prends
pas, bien sûr.

– Que fait le donateur ?

– Ma foi, que peut-il faire ? Il garde son
objet.

– C'est sans doute pourquoi vous sem-
blez souffrir des injures et des grossièretés que vous avez proférées. Quant à
moi, rassurez-vous, je n'ai pas été acca-
blé. Cette violence que vous donniez, il
n'y avait personne pour la prendre.

C'est bien

Lorsque la mère de Chandra dut annoncer à son époux que leur fille était enceinte et qu'elle s'entêtait à ne pas désigner le père de l'enfant, tout le village en fut alerté. Cris et gémissements, bruits de coups et supplications envahirent l'air calme et les fenêtres ouvertes. On entendit des mots en bouillie sanglotante, des questions furibondes, des réponses inaudibles, puis un grand silence rompu par une exclamation :

– Non ! Quelle infamie !

Là-dessus, le père furieux devant, la fille embarrassée au milieu, la mère honteuse cachée sous le pan de son sârî derrière, surgirent de la maison déshonorée. Ils prirent le chemin de la grotte où vivait un ascète, à l'écart du village.

Sur le seuil de la grotte encombré de broussailles, le père insulta le vieux solitaire qui avait osé briser son vœu de chasteté pour jouir sans vergogne de l'innocente maintenant encombrée du fruit de ses errements. L'ascète l'écouta sans bouger un orteil de son coussin d'herbes kusha.

– Hélas, dit le père, nous aurions dû vous chasser du village quand la bourse du marchand disparut à l'heure même où vous étiez prétendument occupé à mendier. Mais nous avons eu la faiblesse de croire qu'un ascète ne peut commettre de tels méfaits. Puisqu'en plus d'être un voleur vous avez déshonoré cette fille ainsi que notre famille, vous devrez la recevoir auprès de vous. Surtout, ne comptez pas sur moi pour entretenir votre foyer !

– C'est bien, dit l'ascète.

Chandra resta debout devant lui, tête basse, tandis que ses parents s'éloignaient à grands pas. Derrière les fenêtres et les portes entrouvertes, chacun observait le retour des parents sans leur fille. Eux, humiliés, claquèrent la porte.

Chandra resta auprès de l'ascète qui la laissa sans mot dire s'installer au fond de la grotte. Il mit son coussin d'herbes à une distance respectueuse. La vie reprit son cours paisible. Il prit cependant un plus grand bol pour mendier sa pitance quotidienne. Il avait maintenant une nouvelle bouche à nourrir. Les villageois, outrés de son audace, lui claquaient les portes au nez. Ses récoltes furent plus maigres qu'elles ne l'avaient jamais été.

Le marchand détroussé, averti par les parents de Chandra que l'ascète n'avait pas contesté son larcin, vint sans tarder lui réclamer les roupies qui lui avaient été volées.

– C'est bien, les voici, dit l'ascète.

Il lui remit tout ce que contenait sa maigre bourse.

Dès qu'elle eut accouché, Chandra disparut, laissant l'enfant auprès de l'ascète. Il se contenta de dire :

– C'est bien, je m'occuperai de toi.

Puis, prenant deux bols, l'un pour sa pitance, l'autre pour du lait, il partit au village mendier comme chaque jour. Les vieilles et les mères, soucieuses pour l'enfant, se glissèrent furtivement dehors pour lui donner en hâte un peu de lait avant que les voisins ne les voient et ne les en empêchent.

Au village voisin, un voleur de bourse fut arrêté, il n'en était plus à son coup d'essai. La bourse du marchand se trouvait, vide bien entendu, parmi celles qui furent retrouvées dans son bagage. Le marchand, confus, vint rembourser l'ascète et lui présenter des excuses.

– C'est bien, dit le vieillard, gardez cet argent, il est vôtre, je ne reprends jamais mes cadeaux.

L'enfant commençait à s'asseoir lorsque Chandra revint avec le père de l'enfant. Le jeune homme était parti étudier loin du village sans rien savoir de sa paternité. Quand il avait vu Chandra au seuil de la chambre où il vivait, il s'était réjoui car il l'aimait. Elle lui avait raconté ce qu'elle venait de vivre. Il avait aussitôt décidé de l'épouser. Il passa d'abord ses examens afin d'être agréé par ses beaux-parents. Maintenant, il venait avec elle rechercher leur enfant. Chandra se prosterna aux pieds de l'ascète :

– Pardonnez-moi d'avoir osé dire que l'enfant était de vous.

J'étais si désespérée et tant effrayée devant la fureur de mon père! Comme vous aviez déjà mauvaise réputation au village depuis la disparition de la bourse, il m'était facile de faire croire que vous m'aviez déshonorée, que j'étais innocente en quelque sorte.

– C'est bien, j'entends, répondit l'ascète. Il bénit l'enfant, et le rendit à ses parents sans autre commentaire.

Les parents de Chandra, terriblement honteux d'avoir cru leur fille et d'avoir indûment insulté un ascète, vinrent à leur tour se prosterner à ses pieds.

– Saint homme, le prièrent-ils, veuillez nous pardonner.

Il les releva gentiment, disant:

– C'est bien. Soyez en paix.

Les villageois, confus d'avoir laissé accuser l'ascète sans chercher à comprendre, vinrent le prier de pardonner, le couvrant de dons de toutes sortes. Lui se contentait de murmurer:

– C'est bien, merci.

Une fillette qui avait suivi toute l'affaire vint interroger l'ascète :

– Pourquoi as-tu laissé les villageois te couvrir de mensonges, et pourquoi réponds-tu toujours : « C'est bien » ?

– Vois-tu, Krishna dit : « Le sage ne saurait se réjouir dans une conjecture agréable, ni s'effrayer en s'agitant dans une conjecture désagréable. » Tout ce qui nous arrive est une occasion de progresser, un cadeau de Dieu, une porte ouverte sur une liberté toujours plus vaste. Honneur, déshonneur, injustice, équité, adoration ou rejet, tout cela n'est que jeu du divin, des vagues sur l'eau qui ne modifient en rien la réalité de l'océan. Ne t'inquiète jamais des apparences, sache qui tu es en Vérité et demeure Cela.

Shivo'ham Shivo'ham

Satyânanda est moine à Rishikesh, au bord du Gange. Chaque soir à l'heure de la prière il descend jusqu'au fleuve sacré et accomplit le rite familier. Il sème des fleurs sur l'onde, brûle l'encens dont le parfum enivre les dieux, confie au courant une nacelle de feuilles où brûle de l'huile. Puis il s'installe, son chapelet de cent huit grains à la main, et répète inlassablement : « Shivo'ham, Shivo'ham. »
Voilà plusieurs jours que Satyânanda a remarqué un enfant qui, chaque soir aussi, vient s'asseoir non loin de lui et le regarde.

Satyânanda se sent investi du devoir de transmettre : il connaît un chemin vers l'Absolu. Il doit donc instruire cet enfant innocent qui n'a pu venir là, près de lui, par hasard. Satyânanda est fier d'avoir été désigné par Dieu lui-même pour enseigner. Il appelle l'enfant, partage avec lui l'offrande sucrée qu'il a reçue tout à l'heure en sortant du temple. Puis demande :

– Pourquoi viens-tu ici chaque soir ?

– Pour savoir.

– Que veux-tu donc savoir ?

– Combien de temps il faut pour devenir un saint.

– Cela dépend des personnes. Pour certains un instant suffit, pour d'autres il faudra plusieurs vies.

– Pourquoi ?

– À chacun son chemin, son pas, son heure juste.

L'enfant s'étonne.

– Je ne t'ai jamais vu sur le moindre chemin. Tu restes là, assis !

– Cheminer n'est pas marcher d'ici à là mais pratiquer certaines techniques.

– Quelle est ta technique ?

– Je répète un mantra, une phrase dont je dois assimiler le sens.

– Et quel est ton mantra ?

– « Shivo'ham » : Je Suis Shiva, Je Suis Dieu lui-même.

– Tu dis cela tous les jours, des heures durant ?

– Oui, bien sûr.

– Et tu ne le sais toujours pas après tout ce temps ? Moi je suis Shankar. Je n'ai aucun besoin de me le répéter. Si tu étais Shiva, tu n'aurais pas besoin de le dire sans cesse !

Satyânanda eut juste le temps d'avaler sa salive avant que l'enfant demande :

– Est-ce qu'un saint peut mentir ?

– Certes non !

– Comment pourrais-tu être un saint si tu ne crois même pas ce que tu dis ?

Le moine
et le novice

La pluie de mousson crépitait sur la route, creusant des rigoles, dégageant les pierres. Le moine et le novice cheminaient le dos courbé. Ils étaient attendus ce soir-là au monastère planté sur la montagne. Ils avançaient, ne percevant jamais plus de trois pas devant eux. Autour d'eux, le monde avait cessé d'exister. Un cocon blanchâtre et tiède annihilait tout bruit, toute couleur, toute odeur. Il était facile de voir qu'il n'était qu'illusion.

Ils avaient ôté leurs sandales de cuir détrempé qui sciaient leurs pieds fripés par l'eau. Les aspérités du chemin redevenaient sensibles sous le cal ramolli qui leur servait de semelle. Leurs tenues monastiques collant aux corps, ils luttaient, mobiles statues, s'aidant de bâtons pour avancer à contre-courant. Des flots de boue dévalaient le monde, tourbillonnaient autour d'eux, entre mollets et genoux. Eux n'avançaient qu'au prix d'un effort considérable, dans un mutisme au souffle rauque. Toutes leurs forces étaient à pousser un pied devant l'autre. Ils souffraient des hanches et les muscles des cuisses brûlaient sous l'effort. Une crampe parfois les arrêtait. Ils saisissaient alors à pleines mains le membre douloureux, le secouaient, le battaient de petits coups saccadés, le frottaient pour le réchauffer. Lorsque la crispation cessait, ils inspiraient, soulagés, et repartaient aussitôt vers le monastère perdu dans la brume.

Enfin la pluie cessa, laissant derrière elle une luminosité insaisissable, des couleurs avivées par l'eau, une odeur musquée de mousses et de vase. La route réapparut, les montagnes se révélèrent dans le ressac des nuages chassés par le vent. Ils s'arrêtèrent pour tordre leurs vêtements et vider le fond des bols suspendus à leur ceinture. Puis ils reprirent la route.

Au détour du chemin une femme trempée, qui considérait, consternée, le fleuve grossi par la mousson, leur barra le passage.

– Mère, lui dirent-ils respectueusement, car les moines nomment toutes les femmes « mère » pour éloigner le désir potentiel, pourquoi demeures-tu au milieu du chemin, à regarder le fleuve ?

– Ma maison et ma famille sont de l'autre côté ; ce matin je suis passée presque à gué, ce soir l'eau est si haute que je n'ose pas m'aventurer.

Le novice la prit aussitôt sur ses épaules et la fit traverser. Puis il revint auprès du moine. Ils se regardèrent un instant pour se confirmer mutuellement qu'il était temps de repartir, et reprirent leur ascension qui dura encore plusieurs heures.

Ils arrivèrent en vue du monastère un peu avant la tombée de la nuit. Épuisés par leur voyage, ils étaient soulagés de voir se profiler le grand bâtiment sombre et l'immense cloche blanche du stûpa. Ils firent une pause pour souffler un instant. Le moine soudain s'inquiéta :

– Comment vas-tu expliquer cela au lama ?

– Que dois-je expliquer au lama ?

– Cette femme que tu as prise sur tes épaules !

Le novice éclata de rire :

– Moi, je l'ai laissée sur l'autre rive. Et toi ? L'as-tu vraiment portée tout ce temps ?

Confiance

Un fidèle de Vishnou se désolait de n'avoir pas d'enfant. Il pria, jeûna, accomplit une longue ascèse. Puis, les bras chargés de fleurs, de fruits et d'encens, vint se jeter aux pieds du sage Nârada.

– Ô Nârada fils de Brahmâ, pouvez-vous prier Dieu pour mon épouse et moi, afin qu'il nous bénisse et nous accorde un fils ?

Nârada partit aussitôt pour Vaikuntha, la demeure des dieux, afin de transmettre sans tarder cette requête à Vishnou :

– Ô Seigneur qui protège le monde, quand accorderas-tu un enfant à ton fidèle serviteur et son épouse ?

– Le destin de ce couple n'est pas d'être parents, ils n'auront pas d'enfants en cette vie.

La nouvelle attrista le sage, une grande compassion l'envahit. Il avait senti combien ce couple rêvait d'enfants et savait que seul un fils peut accomplir les rites funéraires indispensables pour éviter la douloureuse errance entre les mondes. Il murmura :

– Oh, Seigneur, bénissez ces pauvres gens.

Par chance, ni le fidèle de Vishnou ni son épouse n'attendaient de lui la réponse divine. Il n'aurait pas su comment leur asséner la terrible vérité. Il évita donc de passer près de chez eux pendant de longues années, ne sachant quoi répondre à leur tourment. Un jour cependant, il fut contraint d'emprunter ce chemin-là. Comme il atteignait leur maison, il entendit des rires d'enfants dans le jardin. Il jeta un coup d'œil par-dessus le muret, vit la femme allaiter un nourrisson tandis qu'une fillette et son frère aîné jouaient autour d'elle. Il était inutile de demander si le bébé était celui de la femme. D'où lui serait monté, sinon, ce lait que l'enfant savourait ?

Décidé à comprendre, il poussa le portillon, entra dans le jardin, bénit ceux qui y séjournaient et salua l'épouse.

– Mère, dites-moi, tous ces enfants sont vôtres ?

– Oui, Maître, comment vous remercier ?

– Me remercier, moi ?

– Oui, sans vos prières ils ne seraient pas nés.

Nârada crut rêver. Il imagina un instant que l'époux était mort, qu'elle était remariée. Mais il savait combien le remariage d'une veuve est improbable.

Comme il se perdait en conjectures, l'époux franchit le seuil de la maison. C'était toujours ce même homme, fidèle de Vishnou, qui était venu le voir plusieurs années auparavant avec son épouse.

Nârada fut reçu avec dévotion par ces braves gens. Il dîna parmi eux. Quand il partit, chacun lui toucha humblement les pieds.

Il s'en fut droit devant Vishnou.

– Seigneur, je suis outré ! Comment pouvez-vous mentir ?

– Mentir ? Voyons, Nârada, clarifie ta pensée. D'où te vient ce ressentiment ?

– Il y a quelques années, souvenez-vous, Seigneur, je suis venu vous demander d'accorder enfin un enfant à un couple de vos fidèles, parmi les plus sincères. Vous m'avez répondu que le destin de cet homme et de sa femme n'était pas d'être parents, qu'ils n'auraient pas d'enfants en cette vie. Je sors à l'instant de chez eux : ils sont parents de trois beaux enfants ! Vishnou riait.

– C'est sûrement la bénédiction d'un saint. Leur destin, en effet, était ce que j'ai dit. Mais il est vrai aussi qu'une pure prière peut détourner d'un être une flèche imparable. Ne sais-tu pas, Nârada, que seuls les saints peuvent modifier le destin ? As-tu oublié comme tu les as bénis ?

Le roi Shibî

La générosité du roi Shibî d'Ushinara était telle que sa réputation avait atteint les cieux. Les dieux en discutaient entre eux, se donnant mutuellement Shibî en exemple. Indra et Agni doutaient. Un jour ils décidèrent de vérifier si cette renommée n'était pas usurpée.

Agni se changea en pigeon, Indra prit la forme d'un faucon. Ils volèrent au-dessus des jardins du palais de Shibî. Le roi était sous les orangers en fleur, assis près d'une fontaine. Le faucon dans le bleu du ciel fondit d'un trait sur le pigeon. L'oiseau traqué se réfugia sur le genou droit du monarque. Il haletait, tremblait d'effroi.

Le faucon se posa au bord de la fontaine.

– Roi, donne-moi ce pigeon, c'est ma proie, mon repas.

– Faucon, comment pourrais-je te remettre ce pigeon qui est venu prendre refuge auprès de moi ? Vois comme il a peur. Je ne peux trahir sa confiance. Il est impur de refuser sa protection, aussi impur que de tuer un brâhmane ou une vache ! Celui qui abandonne le faible, le malade, le miséreux, sera lui-même abandonné quand il appellera à l'aide. Les grains qu'il sèmera ne germeront pas, les pluies n'arroseront pas son pays. Les dieux refuseront les libations sacrées qu'il versera au feu du sacrifice. Ses ancêtres seront bannis des mondes divins.

Le faucon s'irrita :

– Voilà ta générosité ? Tu protèges ce pigeon et me prives de nourriture ! Est-il au monde un être qui puisse subsister sans boire ni manger ? Ô roi, sans nourriture je vais mourir. Et quand je serai mort, mon épouse et mes petits périront. C'est ma chasse qui les nourrit. Ainsi, protégeant une vie, tu causes plusieurs morts. La vertu qui combat une autre vertu n'est que pure illusion. Seul importe le bien qui n'a pas d'opposé.

– Je protégerai ce pigeon, affirma le roi. Cependant, je ne souhaite pas ta mort, dis-moi ce que tu souhaites, à part ce pigeon-ci, et je te nourrirai.

– Si ce pigeon est tellement important pour toi, je ne veux aucun autre animal, rien qui soit prélevé sur ton royaume, je veux son poids de ta propre chair provenant de ce côté droit où le pigeon a pris refuge.

Le roi appela ses servantes, se fit porter une balance, puis, saisissant son poignard, il trancha dans sa cuisse une chair égale à la taille du pigeon qu'il voulait protéger. Il la pesa. Ce n'était pas assez. Le roi, sans hésitation, coupa encore de sa chair. Cependant, à chaque pesée, le pigeon s'alourdissait. Une larme surgit de l'œil gauche du roi et roula sur sa joue.

– Ah, ricana le faucon, je ne peux pas recevoir un cadeau offert à contrecœur !

– Pardonne-moi, dit le roi, je ne pleure pas le côté droit que j'ai donné. C'est le côté gauche qui se désole de ne rien pouvoir faire pour le pigeon.

– Que le côté gauche participe aussi, s'il le souhaite.

Le roi grimpa sur la balance, se tint debout sur le plateau.

Aussitôt Agni et Indra reprirent leur forme divine. Le corps du roi Shibî se retrouva intact.

– Sire, dirent les dieux, nous étions venus tester votre générosité, elle est éclatante. Vous vivrez longtemps pour le bonheur de ce royaume. Et quand l'heure sera venue, vous entrerez dans l'au-delà, avec ce corps déjà plus qu'humain puisqu'il a été offert par compassion.

La mère

Le Bouddha la vit arriver, son enfant mort sur les bras. Elle était pâle, ses yeux s'étaient creusés, vidés de larmes. Toute l'eau de son corps avait coulé là, usant la couleur de l'iris, creusant des sillons dans la chair des joues.

Elle marchait, aveugle au monde, décidée à trouver de l'aide, quel qu'en soit le prix à payer, pour ressusciter son enfant. Une violence contenue l'habitait, une décision implacable, un courage surhumain. Elle vint à lui, et d'un geste étonnamment doux, comme si elle craignait de troubler le sommeil de ce fils qu'elle voulait réveiller, le déposa sur ses genoux.

Sa voix s'éleva impérieuse et implorante, confiante mais brisée :

– Sauve-le, je sais que tu le peux si tu le veux !

Le Bouddha les regardait avec compassion : la mère déchirée, l'enfant mort.

Elle insista :

– Sauve-le !

Il hocha la tête et lui dit :

– Trouve une maison où la mort n'a jamais frappé. Demande une poignée de riz. Dès que tu l'auras dans la main ton enfant revivra.

Elle partit en courant vers le premier village, riant, pleurant tout à la fois. Elle revivrait, bientôt, avec son fils.

Elle frappa à la porte de la première maison. Une vieille dame vint ouvrir.

– Une poignée de riz, pour sauver mon enfant !

– Prends, femme, et sois en paix !

Elle prit le riz, allait repartir en courant, mais s'assura :

– Il n'y a jamais eu de mort chez vous, n'est-ce pas ?

La vieille sourit gentiment et répondit :

– À mon âge, j'ai tant perdu d'êtres chers que mes morts sont plus nombreux que mes vivants !

La mère arrêta sa course, lui restitua son riz.

– Merci du fond du cœur, dit-elle. Le riz qui sauvera mon enfant doit provenir d'une maison vierge, où aucun défunt n'a jamais séjourné.

La vieille hocha la tête, son regard exprimait une tristesse ainsi qu'une profonde compassion. Elle bénit la mère.

– Ne t'arrête pas dans ce village. Ici toutes les maisons ont connu la mort. Je crains que ta route ne soit longue. Va et garde ce riz. Il te nourrira en chemin.

La mère repartit jusqu'au village prochain. Un enfant l'accueillit au seuil d'une masure. Il était seul, sa mère venait de mourir. Elle s'en fut plus loin dans la rue. L'homme qui l'accueillit avait perdu sa femme. Au troisième seuil :

– S'il vous plaît, une poignée de riz pour sauver mon enfant, si la mort n'a jamais frappé ici.

Mais ceux qui vivaient là avaient perdu leurs parents, leurs ancêtres. Elle frappa à toutes les portes, partout la mort avait frappé avant elle, partout les morts étaient plus nombreux que les vivants. Elle alla ainsi de villages en villages. Partout la mort était venue avant elle.

Alors elle revint vers le Bouddha, reprit son enfant des genoux du Seigneur de Compassion.

– Tout ce qui vient s'en va. Je le sais maintenant, dit-elle.

Elle baissa la tête.

– Je n'ai pas su jouir de chaque instant qui m'a été donné. Je croyais le bonheur aussi naturel que la vie.

Comme elle se détournait, son enfant

sur les bras, la révolte à nouveau gronda dans son esprit. «Certes, tout ce qui vient s'en va, se dit-elle, mais pourquoi si tôt? Cet enfant ne pouvait-il pas grandir? Pourquoi l'avoir privé d'un juste temps de vie? Quel mal avait-il fait?»

Elle revint vers le Bouddha, protesta:

– Pourquoi si jeune?

– Il fut un homme juste et bon dans sa vie précédente. Il commit pourtant une erreur. Il n'est revenu en ce monde que pour épurer ce faux pas. La souffrance de l'enfant a suffi pour rétablir cette âme dans la pureté de l'Être. Tout karma résorbé, le corps, n'ayant plus rien à accomplir, a été abandonné.

– Et ma souffrance, elle ne compte pas, elle ne crée pas de karma négatif?

Elle secoua la tête, renifla ses larmes. Elle reniait obstinément l'évidence, refusant d'accepter l'innommable douleur qui ravageait son cœur. Retrouvant sa combativité, elle posa une fois encore le corps froid et raide sur les genoux du Bouddha :

– Rends-le-moi, tu le peux !

– Tel qu'il est maintenant, il va vers l'Être. S'il revient ici, il risque d'accumuler un nouveau karma. Il lui faudra assumer plusieurs vies en ce monde de douleur avant de retrouver sa liberté. Songe combien la vie humaine est précieuse en cet univers. Elle seule permet de marcher consciemment vers l'état de Bouddha. Naître en tant qu'humain est aussi rare qu'il est difficile à une tortue de mer, ignorante de l'exploit attendu, de surgir en passant son cou dans un anneau ballotté par la tempête à la surface des vagues. Dois-je le réveiller ? Dois-je lui dire de revenir pour apaiser la souffrance de sa mère ?

L'enfant alors ouvrit la bouche :

– Ma mère ? dit-il. Quelle mère ? Depuis la nuit des temps j'en ai eu des milliers :

des tigresses, des bufflonnes, des biches, des démones, des déesses, des cobras, des vautours, des femmes. De quelle mère parles-tu ? Quelle mère dois-je rejoindre et consoler ? Pourquoi celle-ci plutôt qu'une autre ?

Un long silence lui répondit.

La mère pâlit, se redressa, déterminée. Un léger sourire vint dénouer le masque douloureux, une tendresse profonde plissa doucement les ridules autour des yeux fatigués. Elle posa la main droite sur le corps de l'enfant, bénit simplement son départ :

– Sans peur ni désir sois en paix, lui dit-elle. Rejoins l'Être que tu es.

Un rêve

Deux ombres glissaient dans la nuit d'Ujjaïn. Le roi Vikram et son vizir et ami, Butti, circulaient parfois en ville sous des déguisements variés. Ainsi espéraient-ils flairer de près les joies et les peines du peuple. Cette nuit-là, Butti tenait le rôle d'un marchand, le roi celui de son serviteur. Ils sortirent de la ville avant la fermeture des portes et marchèrent vers l'ouest. Comme ils traversaient un quartier misérable, ils entendirent une musique.

– Entends-tu ? dit le roi. Qui peut faire la fête à cette heure tardive et dans un lieu pareil ? Suis-moi, je veux savoir.

Ils parvinrent auprès d'une cabane au torchis en lambeaux. Ses nombreuses fissures laissaient passer des chants et le son d'un tambourin.

– Si j'en juge par leur demeure, ceux qui habitent ici doivent connaître une pauvreté terrible. Même dans ce quartier misérable, nulle autre maison n'est aussi délabrée. Comment parviennent-ils à chanter et danser ainsi ?

Vikram se pencha pour regarder à l'intérieur et ce qu'il vit le laissa stupéfait :

– Butti, sais-tu ce que je vois ? Un vieil homme qui pleure, une nonne ou une veuve, enfin une femme rasée qui danse, et un jeune homme au regard triste qui chante et bat le tambourin. Que se passe-t-il ? Peux-tu me l'expliquer ?

– Certes non, Sire. Je l'ignore.

– Entrons, Butti, je veux comprendre, allons leur poser ma question.

– Il me semble, Sire, que ces gens-là tentent de trouver un peu de joie et qu'il serait indélicat d'aller les questionner. N'écoutant que son impression, le roi Vikram alla vers la porte de la masure. Butti le suivit vivement.

– Sire, permettez que je frappe, je suis supposé être le marchand et vous mon serviteur. Laissez-moi poser les questions à ma guise, je vais tenter de susciter leurs confidences sans les offenser.

Le jeune homme vint ouvrir la porte, les dévisagea attentivement.

– Bonne nuit, qui êtes-vous ? Que voulez-vous ?

– Nous sommes des voyageurs en route pour Ujjaïn. Nous cherchons une auberge où dormir cette nuit. Comme nous passions devant votre porte, nous avons entendu la musique. Nous nous sommes dit : « Ils ne sont pas couchés. » Alors nous avons frappé à votre porte pour demander notre chemin.

– Les portes d'Ujjaïn sont fermées à cette heure. Ce quartier est très pauvre, vous n'y trouverez pas d'auberge.

– Oh vraiment ? Quel ennui ! Accepteriez-vous de nous recevoir pour la nuit ?
Nous partirons dès l'aube. Nous nous
contenterions d'un coin obscur, nous ne
voulons pas vous déranger.

– Cette maison est en deuil. Pardonnez-
moi. Je ne peux pas vous inviter.

– En deuil, dites-vous ? Mais vous chan-
tiez et dansiez ! s'exclama Vikram.

– Ce sont là nos affaires. De quoi vous
mêlez-vous ?

– Excusez mon serviteur, intervint Butti,
c'est un homme simple qui s'étonne faci-
lement. Toutefois, si vous êtes en deuil,
permettez que nous nous joignions à
votre veillée.

– Vous m'êtes inconnus. Quelle motiva-
tion vous pousse ?

– C'est la coutume de notre pays.
Lorsque les gens sont joyeux et que tout
va bien, ils peuvent faire ce qu'ils veu-
lent, personne ne s'en mêle. Mais vienne
un deuil, nous allons veiller avec ceux

qui souffrent afin de partager leur chagrin et tenter d'alléger leur cœur. Nous
ne sommes pour vous que des voyageurs,
mais nous sommes des hommes et
serions honorés si vous nous acceptiez
dans ces conditions.

– Si c'est votre volonté, entrez, répondit
le jeune homme. Merci de vouloir partager la tristesse qui nous accable. Je
crains hélas que nul ne puisse l'alléger,
mais votre intention nous touche.

Ils purent enfin entrer dans la masure.
Le vieillard les salua. D'un pan de sârî,
la jeune femme couvrit sa tête rasée, une
partie de son visage aussi.

– Pardonnez mon indiscrétion, dit
Butti feignant l'embarras, mais
afin que nous ne commettions pas
d'impair, ayez l'obligeance de
nous dire en quelques mots
quel est votre deuil.

– Mon père que voici est
un pauvre homme. Il

s'est retrouvé veuf très tôt, a travaillé durement pour m'élever. Il a fait un jour ce rêve que je serai un homme instruit et que je travaillerai comme scribe à la cour du roi. Il a usé sa santé pour payer mes études dans une grande école. Je suis revenu instruit, certes, mais pas scribe à la cour.

– N'avez-vous pas concouru pour l'être?

– Il n'y a aucun poste vacant au palais depuis fort longtemps. Je n'ai donc pas pu concourir.

Vikram et Butti hochaient la tête ensemble. Vikram, perplexe, interrogea encore:

– Mais est-ce là le deuil particulier que vous honorez ce soir?

– Non, mon père a rêvé la nuit dernière qu'un prince allait venir ce soir et que notre misère allait finir. Hélas, il est minuit passé, aucun prince n'est venu. Mon père en est désespéré. Il avait demandé à mon épouse d'acheter une coupe d'argent afin que le prince puisse boire dans un récipient digne de lui. Comme notre bourse était vide, elle a vendu ses cheveux pour payer ce trop bel achat. Ce soir, elle ressemble à une veuve, nous avons une coupe inutile et mon père se désole. Afin de tenter de le consoler, nous chantons et dansons pour lui.

– Elle ne retrouvera pas ses tresses dès demain, dit le roi, mais peut-être serez-vous le vainqueur du concours qui a lieu demain à Ujjaïn pour un poste de scribe?

– Il y a un concours à Ujjaïn?

– Oui bien sûr, reprit Butti, c'est justement pourquoi nous sommes en route, je viens concourir moi aussi.

– Comment se fait-il que des étrangers aient connaissance de ce concours tandis que nous, qui vivons si près de la ville, n'en avons rien su?

– Désormais vous voici informés. Tentez donc votre chance demain!

– Oui, merci, merci!

Ils restèrent ensemble quelques heures à chanter, puis Butti, voyant le jour par les fissures du logis, se leva, salua la maisonnée.
– Nous vous remercions de votre accueil. Que Dieu vous protège et vous apporte la prospérité. Quant à nous, il nous faut continuer notre route maintenant.
Ils laissèrent une bourse aux pieds du vieillard.
Rentrant au palais sans tarder, ils firent publier le concours pour un emploi de scribe au palais. Tous les érudits de la ville accoururent dans le grand hall. Le jeune homme était là lui aussi, vêtu modestement parmi les soies et les broderies, très embarrassé au milieu de ces hommes pleins de superbe.
Le sujet de l'épreuve fut ainsi énoncé :
« Pourquoi un vieil homme pleure, une nonne rasée danse et un jeune homme chante en jouant du tambourin ? »
Évidemment, seul le jeune homme de la nuit parvint à raconter une histoire sen-

sée. Et il l'écrivit si bien qu'il fut à l'unanimité désigné vainqueur du concours. Lorsqu'il revint chez lui porter la nouvelle, il offrit à son père en riant du thé dans la coupe. Il lui raconta, songeur, l'énoncé du concours et sa première entrevue avec le roi Vikram.

– Il m'a félicité, m'a dit qu'il était heureux de m'accueillir parmi les scribes. Il m'a dit aussi qu'il aimait avoir autour de lui des hommes capables de chanter dans l'adversité. Il a eu ce mot qui m'émeut : « C'est au plus noir des nuits que germent les aurores. »

Concentration

– Je ne parviens pas à me concentrer.
C'est pire encore pendant la méditation. Après avoir dûment pris un bain,
revêtu des vêtements propres, offert des
fleurs et allumé l'encens, il suffit que je
m'asseye tranquillement. C'est le
moment que choisit mon esprit pour
gambader dans tous les sens !
Le maître écouta le disciple se plaindre
une fois encore des difficultés éprouvées.
Puis, les yeux mi-clos, il demanda :
– Où va gambader ton esprit ?
– Swâmîji, je pense à ma vache, à sa bon-
homie, à ce que nous avons vécu ensemble,
aux prés et aux bois où nous avons cherché

de l'herbe tendre et de l'eau pure qui donnent à son lait ce reflet de miel.

– Bien ! Désormais tu te concentreras uniquement sur ta vache.

– Sur... ma vache ?

– C'est ce que j'ai dit.

– J'entends et j'obéis, Swâmîji. Je me concentrerai sur ma vache.

Le disciple rentra chez lui, prit un bain, revêtit des vêtements blancs qui sentaient bon l'herbe et le vent, offrit un chapelet de fleurs et un pot de beurre au dieu Krishna, l'ami des vachers. Puis il alluma l'encens, attacha à un pieu le licou de sa vache, au milieu du champ, là où l'herbe est grasse et savoureuse. Alors il s'installa à trois pas d'elle, pour ne voir qu'elle, ne penser qu'à elle. Elle le regarda, étonnée : il était aussi immobile qu'une pierre. Elle tira sur sa corde pour s'approcher de lui, espérant une caresse sur le mufle. Sans mouvement de sa part, résignée, elle entreprit de brouter l'herbe accessible. Lui demeurait si tranquille qu'elle en oublia sa présence. Quand elle eut brouté son content, elle fixa l'horizon, l'œil flou, ruminant posément son repas solitaire. Quelques mouches qui bourdonnaient autour de sa croupe luisante tentèrent un atterrissage. D'un coup de queue elle les chassa, giflant le vacher au passage.

Sous le coup, il sortit de son rêve. Il partit s'installer à cinq pas de la vache pour ne voir qu'elle, ne penser qu'à elle, sans risquer d'autres coups intempestifs.

Il resta là, trois heures sans bouger, tandis que le soleil cuisait à plein feu son crâne rasé qui devint rose puis rouge. Sa cervelle enfin bouillonna.

Il tomba comme un arbre mort au milieu du champ.

Il délira une semaine, puis revint auprès de son maître.

– Swâmîji, je ne peux pas contempler ma vache dans son pré plusieurs heures, le soleil m'en empêche.

– Tu n'es pas obligé de la contempler dehors, reste sur ton coussin de méditation dans ta hutte.

– Ah oui, merci Swâmîji !

Le disciple rentra chez lui, fit ses ablutions, revêtit des vêtements propres, offrit des fleurs et de l'encens à Krishna. Puis s'en fut chercher sa vache qui folâtrait dans le jardin voisin. Il la fit entrer dans la hutte et s'installa sur son coussin d'herbes kusha pour ne voir qu'elle, ne penser qu'à elle. La vache regarda autour d'elle fort étonnée, enjamba plusieurs fois le vacher en tentant de trouver un endroit plaisant, puis entreprit de dévorer la seule herbe du lieu, celle du coussin d'herbes kusha. Le vacher se mit à rire. L'herbe le chatouillait. Comme il ne tenait plus qu'en équilibre sur une fesse, il se trouva bientôt basculé cul par-dessus tête. Le soir même il s'en retourna consulter son maître.

– Ne peux-tu pas penser à ta vache hors de sa présence physique ?

– Certes, Swâmîji, je le peux !

– Laisse-la donc brouter son champ et concentre ton esprit sur l'image que tu as d'elle.

– Ah oui, Swâmîji, merci Swâmîji.

Le disciple rentra chez lui, lâcha la vache dans le champ, se purifia d'un bain, mit des vêtements frais repassés tout craquant d'amidon. Il offrit des fleurs à Krishna, le parfuma d'encens, et s'installa sur un nouveau coussin pour se concentrer sur sa vache. Plusieurs jours passèrent, nul ne le vit sortir de chez lui. Ses voisins s'inquiétèrent. Le maître, averti que le disciple était peut-être malade ou mort, vint lui-même aux nouvelles.

Il frappa trois coups à la porte. N'obtint aucune réponse. Voulut la pousser. Elle était verrouillée. Il appela son disciple qui, entendant sa voix, sortit de sa longue contemplation.

– Oui, Maître !

– Que fais-tu donc ? Es-tu malade ?

– Maître, je poursuivais ma vache qui s'était enfuie dans la jungle. Dois-je la laisser partir ?

– Non, non, rattrape-la, c'est bien, continue.

D'autres jours passèrent sans que le vacher ne sorte de chez lui. Ses voisins craignirent pour lui : il n'avait ni mangé ni bu depuis si longtemps ! C'était louche.

Le maître revint avec eux, frappa à la porte, appela son disciple :

– Que fais-tu maintenant ?

– Maître, j'ai rattrapé ma vache, mais elle s'est blessée dans les ronces. Je la soigne. Dois-je la quitter ?

– Non, non, soigne-la. C'est bien, continue.

Prudent, le maître n'attendit pas que les

voisins s'inquiètent plus encore, il revint le lendemain, gratta la porte du bout du doigt.

– M'entends-tu ? Que fais-tu maintenant ? dit-il.

– Meuh ! répondit, dedans, une voix caverneuse.

– C'est bien, sors maintenant, dit le maître. Le battant s'ouvrit largement, il y eut un grand remue-ménage à l'intérieur.

– Swâmîji, meuh cornes sont trop larges pour passer cette porte !

– Tes cornes ?

– Meuhoui, mes cornes !

Le maître entra, lui gratta tendrement le museau en disant :

– Voilà qui est bien. Maintenant, concentre ton esprit sur Dieu de la même manière !

Ici aussi ?

Lorsque l'homme, riche et puissant, arriva au bord de la rivière Dwarka, tout le petit peuple qui s'y baignait termina ses ablutions sans tarder et se dispersa le long des berges. Seul l'ascète tantrique Vamakshepa resta dans l'eau, peu impressionné par l'homme suivi de ses gardes. Cet homme-là, désireux d'aller prier la Déesse mère dans son temple de Târâpeeth, était venu se baigner, prier, accomplir les justes rituels avant sa visite au lieu saint. Il plongea donc dans l'eau, se purifia, puis retourna sur la berge pour y sécher tout en priant.

Vamakshepa l'observa un instant avant

d'éclater de rire. Il s'approcha et, riant toujours, se mit à l'asperger abondamment. L'homme restait poli, mais cette bruyante démonstration l'ennuyait beaucoup. Il se demandait qui était ce fou qui l'aspergeait, trouvant désopilant de le déranger pendant ses prières. Ayant soudain atteint le bout de sa patience, il laissa jaillir sa colère :

– Enfin, ça suffit ! Vous ne voyez pas que je suis venu accomplir des rituels ? Pourquoi me dérangez-vous ainsi ?

Ses gardes, entendant sa colère, s'approchèrent pour mettre leur force à son service. Vamakshepa rit de plus belle et, l'arrosant toujours plus, il lui demanda :

– Vous priez ou bien, même ici, vous achetez des chaussures ?

L'homme en resta bouche bée : même si son corps se baignait et ses lèvres récitaient des prières, il était tout à fait vrai qu'il ne pouvait s'empêcher de penser aux chaussures qu'il irait acheter à Calcutta sur le chemin du retour. Qui donc était cet arroseur ?

Les gardes s'avançaient vers Vamakshepa.

– Arrêtez, leur dit l'homme, laissez-le faire car il a raison.

Il s'approcha de Vamakshepa avec humilité, s'inclina respectueusement :

– Qui que vous soyez, bénissez-moi afin que je parvienne à contrôler mes pensées et qu'en priant je ne pense qu'à Durgâ.

Vamakshepa le bénit.

– Ne soyez jamais hypocrite, dit-il. Vous ne tromperez pas Dieu, vous ne pouvez tromper que vous-même. Si les chaussures reviennent dans vos pensées, arrêtez d'imiter la prière, prenez le temps de les ranger à une autre place, pour plus tard. Demandez l'aide de Durgâ, alors seulement reprenez vos prières.

– Comment demander l'aide de Durgâ alors que je suis tout empêtré dans mes pensées ? demanda l'autre.

– Redevenez un petit enfant. Lorsqu'un enfant s'est sali, il sait ne pas pouvoir se laver lui-même, il appelle « Maman,

Maman !» simplement. Sa mère accourt et fait le nécessaire. Appelez Durgâ en toute simplicité : «Mâ, Mâ !», elle accourra et vous purifiera !

L'homme reprit l'ensemble de ses ablutions, laissant ses chaussures à Calcutta sous bonne garde de Durgâ, pour habiter enfin son corps et ses paroles.

Code d'honneur

La distance s'amenuisa entre le chasseur et le tigre qui le poursuivait. Le souffle de l'homme se raccourcit. À l'orée du bois, une liane se balançait dans une trouée de soleil. Il la saisit, grimpa rapidement hors de portée du fauve, puis resta un moment les yeux clos, suspendu entre ciel et terre, essayant de calmer son souffle pour apaiser ses battements de cœur. Sous lui, l'odeur puissante du tigre remplit l'espace. Le fauve tournait en rond en suivant dans l'herbe le mouvement de la liane. Il entendit son bâillement exaspéré. Il ouvrit les yeux. Vit l'animal dressé. Ses griffes battirent l'air si près de ses talons qu'il en sentit le vent. Il tira sur ses bras, entreprit une remontée. La liane, sous la secousse, geignit et décrocha. Elle plongea d'un mètre. Le chasseur terrorisé lança ses poings suants aussi haut qu'il put, grimpa hors d'atteinte. La liane déstabilisée tournoyait, emportant dans ses rondes le chasseur saisi de vertige, de nausée. Soudain la valse devint secousses. Le tigre grondant, arc-bouté, avait saisi la liane entre ses dents. Il la tirait, la secouait afin de faire tomber sa proie. L'homme leva les yeux, aperçut une branche proche, parvint à la saisir et, se tenant d'une main à la branche, de l'autre à la liane, il entreprit un rétablissement périlleux. Enfin, il s'affala à plat ventre dans une profusion de feuillage bruissant.

C'est alors qu'il vit l'ours fort intéressé par ses manœuvres. Il était sur la même branche, entre le tronc de l'arbre et lui.

Le tigre, en bas, se mit à rire.

– Eh, frère ours, cet homme est un prédateur pour toi comme pour moi, notre ennemi commun. Jette-le au bas de l'arbre, je le dévorerai !

– Hélas, frère tigre, répondit l'ours. Ce prédateur arrivé chez moi devient un invité, je ne saurais l'en chasser. Les lois de l'hospitalité me l'interdisent formellement !

L'ours un instant contempla l'homme ridiculement accroché à la branche, puis, ayant eu son content de spectacle pour la journée, grimpa sur une autre branche, s'y affala et s'endormit benoîtement. Il se mit à ronfler, plissant le museau quand les mouches bleues dérobaient à sa gueule un reste de miel.

Le chasseur, ayant repris ses esprits et sa force, se glissa de la branche au tronc, se mit enfin debout. Il souffla abondamment, s'essuya le front et lécha, aux commissures de ses lèvres, la sueur qui le brûlait. Le tigre, en bas, décida de changer de proie. Il s'assit dans l'herbe, s'adressa au chasseur :

– Homme, cet ours bien nourri dort ; à son réveil il sera affamé. Alors il perdra tout sens de l'hospitalité et te regardera comme un gibier. Tu serais avisé de le pousser au sol. Moi, je pourrais m'en nourrir. Toi, tu partirais sans souci de moi qui aurais festoyé grassement, ni de lui qui serait trépassé.

L'affaire fut conclue en deux clins d'œil complices. L'homme se hissa jusqu'à l'ours endormi. Mais l'ours n'était ni sourd ni sot. Il quitta son lit de feuillage, saisit une branche, s'y balança tranquillement et se laissa glisser, hors de portée des deux compères, sur une branche proche.

– Ces hommes, tous pareils ! ricana le tigre. As-tu vu celui-là ? Il t'aurait poussé sans le moindre scrupule. Maintenant, tu peux me l'envoyer d'un coup de patte. Venge-toi ! Je l'attends.

– Non, dit l'ours, rien n'autorise que le code d'honneur soit brisé, pas même la duplicité et les intentions mauvaises d'autrui. Si longtemps qu'il sera dans cet arbre, cet homme demeure sous ma protection. Ensuite, que Dieu le protège ! L'ours s'installa sur une branche inaccessible au chasseur. Le tigre s'allongea à l'ombre du grand arbre. Il somnola d'un œil. Il savait que les fruits tombent toujours des branches. L'homme veilla trois nuits sans boire ni manger, puis, épuisé, dégringola dans la gueule de son destin, fruit de ses actions passées.

Le faussaire

C'était un moine inconséquent. Il n'avait renoncé aux plaisirs du monde que dans l'espoir d'atteindre la sagesse et de fonder un ashram peuplé d'obéissants disciples. Les dieux, considérant qu'il risquait de perdre son âme en poursuivant dans ce sens-là, s'étaient cachés de lui et l'avaient soigneusement aveuglé. Ils savaient bien qu'armé d'un bout de vérité, il risquait de devenir suffisamment crédible pour attirer des âmes innocentes. Figeant son ébauche de savoir en dogme, pour cacher l'étendue de son ignorance, il aurait pu réduire en esclavage les malheureux pris au filet de sa faim de puissance.

Après nombre d'années de quête infructueuse, il s'enferma dans la douleur de n'être pas reconnu. C'est du moins ce qu'il estimait, car reconnu il l'était bien, mais comme faussaire notoire, ce qu'il ne souhaitait pas s'avouer.

Il finit par décider que les villageois, qui se montraient courtois mais peu empressés à son égard, ne le méritaient pas. Prenant son sac, il se rendit en ville. «Les citadins agités ont assurément besoin de mes lumières», se disait-il. Il déambula le regard supérieur et le nez au vent, claironnant dans les avenues :

– J'ai des réponses, qui a des questions ?

Les citadins le croisèrent sans pause, sans même le dévisager. «Ce n'est là, pensèrent-ils, qu'un pauvre fou de plus dans un monde où chacun chemine le front bas, enclos dans ses projets et regrets, refusant de risquer ses certitudes au contact d'autrui.» Fuyant la foule compacte des avenues, il arpenta les rues et les ruelles, refuges de la vie tiède et simple, sans que nul ne s'inquiète de sa santé, sans qu'aucune nourriture, aucun siège, aucun thé ne lui soit proposé. La nuit devenant palpable, épaisse, il fila vers le temple. Le brâhmane à l'œil exercé le repoussa hors de l'enceinte du lieu saint. Le ventre vide, il coucha donc dehors sous le porche où des chiens errants le harcelèrent. À l'aube, il dut chasser des vaches qui le prenaient pour un buisson. Leur vacher l'insulta, l'accusa hautement d'avoir troublé ses bêtes. Il fuit, le cœur meurtri. Plusieurs jours s'écoulèrent ainsi. Sa sébile restait muette, son esprit se mit à divaguer. Il pensa au village, aux repas que les villageois lui offraient simplement, à leur tolérance bon enfant. Certes, ils ne le traitaient pas en maître, mais il était bien parmi eux. Il décida d'y retourner. Il était si sale et si dépenaillé qu'il entreprit d'abord de se laver. Il voulait changer de vie, se purifier des illusions accumulées en cours de route, devenir enfin moine renonçant, chercher la vérité pour sa seule beauté. Dans la lumière moite et vibrante, un nuage léger tout à coup l'ombragea. Un chant naquit au loin dans la rumeur des rues.

Il descendit jusqu'au champ crématoire, au bord du fleuve. Les cendres des morts, collées au sable par la brume matinale, formaient des flaques d'ombre. Il sinua entre elles jusqu'à l'eau, posa son sac pour se baigner longuement dans le courant. Il tenta d'y noyer son démon, sortit tout tremblant. La faim troublait sa vision, le paysage tournoyait autour de lui. Un morceau de pain desséché s'effrita du bec d'une pie en vol et tomba près de lui. Il le saisit, le porta à ses lèvres. Cela empestait l'ordure rance. Il fut tenté de le jeter au chien qui s'était précipité vers cette providence. Ils se regardèrent un instant. Le regard du chien n'était qu'espoir et résignation, son corps pelé que cuir tendu sur les côtes. Le moine, lisant son futur, recula. Des crampes lui broyaient le ventre. Il croqua ce morceau de pain. Il ne put l'avaler qu'à coups de poignées d'eau, tant il était sec et infect. Le chien flaira le sol, lécha des miettes éparses et s'en alla au petit trot. Quand son pagne fut sec, le moine reprit son sac et s'éloigna lui aussi, errant un instant parmi les cendres allégées par le soleil. Il s'arrêta, indécis, s'en remit à Shiva pour le conduire au mieux. Imitant le Grand Yogin, il poudra ses cheveux et recouvrit son corps de cendres funéraires. Puis, le pas ralenti tant par les privations que par la lassitude, il traversa la ville. Les chiens s'éloignèrent de lui, des vaches le frôlèrent sans le bousculer, des gens jetèrent quelques sous dans sa sébile. Il crut voir dans ces attentions la miséricorde des dieux. Ses épreuves l'avaient-elles sanctifié? Il osa se dire cela. Une bouffée de bonheur l'envahit.

Il parvint à grand-peine au faubourg de la ville. Ses jambes tremblaient, sa tête tournait. Le morceau de pain l'avait à peine nourri. Une faim broyante l'affaiblissait. Dans une cour ouverte, il avisa une maisonnette. Il la bénit puis vint s'asseoir à l'ombre de la véranda, s'appuyant contre un pilier. Un singe tenta de chaparder son sac. Il le glissa derrière la porte, à l'abri dans la maison. Le singe, déçu, chaloupa vers d'autres jeux. Épuisé, le moine s'endormit. Soudain il sursauta, une voix de femme l'appelait :

– Swâmîji, êtes-vous souffrant?

Son vieux démon se réveilla en même temps que lui. Il s'entendit répondre :

– Non, je me reposais en vous attendant.

Elle s'étonna.

– Vous m'attendiez?

– Oui. Je dirige un ashram. J'ai dû venir

en ville régler quelques affaires. Des disciples qui vous connaissent m'ont dit beaucoup de bien de vous. Votre maison, disaient-ils, est honorable et accueillante aux renonçants. J'ai chargé ce matin mon disciple de vous annoncer ma venue.

– Swâmîji, je n'ai vu personne aujourd'hui.

– C'est curieux, il m'a dit vous avoir laissé mon bagage.

– Il n'est pas ici, Swâmîji.

– Il l'a peut-être confié à votre époux, à vos enfants. Voulez-vous bien vérifier ?

– Oui, Swâmîji, oui, je vais le faire.

Elle disparut dans la maison et revint sans délai, tenant le sac.

– Celui-ci, Swâmîji ?

– C'est bien lui, grâce à Dieu.

– Votre disciple a dû rencontrer mon époux qui partait aux champs. Entrez donc, Swâmîji. Soyez le bienvenu.

Le moine, soulagé de trouver enfin un toit et un repas, s'empressa de la suivre. Il s'installa sur la natte qu'elle disposa pour lui, fit mine d'accepter pour lui faire plaisir du thé sucré et des fruits. Feignant l'humilité et le détachement, il engloutit tout ce qui lui fut offert, puis fut pris d'une envie de sieste. Il sortit son chapelet d'un geste large et, pour digérer à son aise, se mit à ronronner, les yeux clos, un mantra. Son hôtesse débarrassa prestement le plateau, revint poser de l'encens devant l'autel familial et s'éclipsa sur la pointe des pieds.

Quand son époux revint des champs, elle l'accueillit devant la porte.

– Swâmîji est là, il médite. Ne le dérange pas, dit-elle.

C'était un brave homme, il accepta sans discuter que son épouse ait accueilli un religieux. Il s'installa sur la véranda pour attendre tranquillement le souper. Elle attendait dans sa cuisine le retour du disciple afin de le nourrir en même temps que son maître. Or, ce disciple-là tardait à venir. Le moine, craignant que sa sieste-méditation ne fût la cause du délai apporté au repas, vint s'asseoir près du paysan. La femme vint lui demander s'il fallait attendre le disciple.

– De pieuses gens l'ont retenu sans doute. Votre mari me semble fatigué, les journées de labour sont longues. Il doit avoir besoin de dormir. Dînons.

La nuit était noire, aucun disciple n'apparaissait.

– Swâmîji, ne craignez-vous pas qu'il soit arrivé quelque mauvaise affaire à cet homme ?

– Non, non, ne vous inquiétez pas. Tel que je le connais, il est trop consciencieux, il aura voulu faire plus que je ne lui avais demandé. Vous devriez aller dormir. Je vais l'attendre au frais sur la véranda. Il me verra en arrivant, il pourra dormir près de moi. Nous ne vous dérangerons pas.

Ces gens, tout simples qu'ils étaient, n'étaient pas pour autant naïfs. Ils se firent un clin d'œil complice et sans un mot s'en furent dormir, laissant l'homme à son rêve. À peine la mèche de la lampe écrasée, ils entendirent un bruit de pas, puis la voix de leur invité grondant :

– D'où viens-tu à une heure pareille ?

– Swâmîji, répondit une voix plaintive, j'ai réussi à finir tout ce dont vous m'aviez chargé. Il suffira que vous passiez au temple demain matin. Des braves gens m'ont offert un dîner. Je les ai quittés à la nuit, je connais mal la ville, je me suis égaré.

– C'est bien, nos hôtes dorment, ne les réveillons pas. Masse mes jambes fatiguées.

Surpris et confus d'avoir mésestimé le moine, la femme et son époux risquèrent un œil entre des planches disjointes pour voir le disciple. La main devant la bouche ils pouffèrent de rire. Leur invité jouait sa comédie tout seul.

– C'est bien, je vais mieux, dormons maintenant, dit le moine.

Il s'allongea et s'endormit enfin, l'âme apparemment en repos.

Au matin, même comédie :

– Lève-toi ! Va prévenir le responsable du temple que j'irai le voir ce matin. Évite de te perdre, et attends-moi là-bas !

Le couple joua le jeu. Ils parurent à la porte et s'étonnèrent que le disciple soit déjà reparti.

– Vous savez, nous autres moines ne séjournons jamais longtemps hors de notre ashram. Il nous faut donc terminer aujourd'hui nos démarches et repartir. D'ailleurs, je dois aussi aller au temple de ce pas.

Il s'en fut à grands pas. Jouant les affairés, il oublia son sac. À la porte du temple il y pensa soudain, revint dans la foulée pour reprendre son bien.

– Ah, Swâmîji, dirent ses hôtes, votre disciple est venu le chercher. Il nous a dit que vos jambes fatiguées ne pouvaient revenir jusqu'ici, qu'il vous avait massé la nuit dernière mais que vous souffriez encore. Il ne peut pas être bien loin, il vient à peine de partir.

Le moine hocha la tête : que répondre à cela ? Il repartit sans bagage, l'orgueil défait, tentant de garder un air digne. Il aurait aimé disparaître en fumée. Son cœur était brûlant, chargé de l'amer regret d'avoir déjà perdu la simplicité de la veille. Une prière monta à ses lèvres, un acte de contrition, un appel au secours. Comme il marchait les épaules basses, il entendit :

– Te voici nu, enfin, et vidé de toi-même. Marche, je suis dans ton pas !

Il se sentit plus lourd encore, plus indigne. Il marcha au hasard, se réfugia au fond d'une grotte non loin du village. Il se terra au plus sombre, se fit invisible. Il pria, pleura, battit sa coulpe, médita. Il demeura là si longtemps que des lianes fermèrent l'entrée de la grotte, le protégeant de lui-même et des curieux.

Un matin il vint s'asseoir au bord de la grotte, contempla le monde qui connut un jour étrangement beau, lumineux. Le lendemain il était encore là et la semaine suivante. Les mois et les années passèrent, son corps se dessécha, se momifia. Des voyageurs l'aperçurent, demandèrent le nom du saint statufié dans la montagne. Nul ne savait. On s'étonna. On s'en fut voir cet être d'où émanaient une force et une douceur indicibles. Un petit temple fut construit, puis un ashram autour de ce saint inconnu dont la présence apporta le bonheur et la prospérité au village.

Ivresse

Swâmî Muktânanda était un sage abandonné à Dieu. Ce jour-là, il marchait en ville.

Un homme apparut qui titubait et marmonnait en agitant les bras. La tête semblait aller de l'avant tandis que le postérieur souhaitait revenir au point de départ. Il leva la tête pour estimer les distances, jauger les obstacles éventuels, envisager une stratégie.

C'est alors qu'il aperçut swâmî Muktânanda. Son visage se

fendit d'un sourire radieux et il se précipita, soudain capable d'avancer en
ligne droite.

– Toi, tu me plais, dit-il. Viens boire
avec moi.

Swâmî Muktânanda, impassible, répondit doucement :

– Ne vois-tu pas que je suis déjà ivre ?

L'essence de la sagesse

Le vieux roi était mort trop tôt. Son jeune fils n'était pas mûr. Il monta sur le trône, inquiet d'être aussi peu formé pour la charge qui lui incombait. Il avait cette pénible impression que la couronne lui glissait de la tête, qu'elle était trop large et trop pesante. Il osa le dire. Les conseillers furent rassurés, ils pensèrent : « Sa conscience de ne pas savoir, de ne pas être prêt, le prédispose a être un bon roi, capable de prendre conseil, d'écouter les suggestions sans se précipiter pour décider, de reconnaître une erreur et d'accepter de la corriger. Réjouissons-nous pour le royaume. »

Lui, soucieux de s'instruire, fit venir tous les hommes savants du royaume : érudits, moines et sages avérés. Il en prit pour conseillers et demanda aux autres de partir partout dans le monde pour quérir et rapporter toute la science connue à son époque afin d'en retirer la connaissance, voire la sagesse.

Certains partirent aussi loin que la terre pouvait les porter, d'autres empruntèrent des voies maritimes jusqu'aux confins de l'horizon. Ils revinrent seize ans plus tard, chargés de rouleaux, de livres, de sceaux et de symboles. Le palais était vaste. Il ne put pourtant contenir une aussi prodigieuse abondance de science. À lui seul, celui qui revenait de Chine avait rapporté, sur d'innombrables dromadaires, les vingt-trois mille volumes de l'encyclopédie Cang-Xi, ainsi que les œuvres de Lao Tseu, Confucius, Mencius et de bien d'autres, tant renommés que méconnus !

Le roi parcourut à cheval la cité du savoir qu'il avait dû faire construire pour recevoir cette abondance. Il fut satisfait de ses messagers, mais comprit qu'une seule vie ne pourrait suffire pour tout lire, tout comprendre. Il demanda donc aux lettrés de lire les livres à sa place, d'en tirer la moelle essentielle et de rédiger, pour chaque science, un ouvrage compréhensible. Huit années passèrent avant que les lettrés puissent remettre au roi une bibliothèque constituée des seuls résumés de toute la science humaine. Le roi parcourut à pied l'immense bibliothèque ainsi constituée. Il n'était plus tout jeune, voyait la vieillesse arriver à grands pas, et comprit qu'il n'aurait pas le temps en cette vie de lire et assimiler tout cela. Il demanda donc aux lettrés qui avaient étudié ces textes de ne produire qu'un article par science, en allant droit à l'essentiel.

Huit années passèrent avant que tous les articles soient prêts car nombre des érudits qui étaient partis au bout du monde collecter toute cette science étaient morts désormais, et les jeunes lettrés qui reprenaient l'ouvrage en cours devaient préalablement tout relire avant de produire un article.

Enfin, un livre en plusieurs volumes fut remis au vieux roi, alité, malade. Il pria chacun de résumer rapidement son article en une phrase.

Résumer une science en peu de mots n'est pas chose aisée. Huit années encore furent nécessaires. Un seul livre fut conçu qui contenait une phrase sur chacune des sciences et des sagesses étudiées. Au vieux conseiller qui lui apportait le livre, le roi mourant murmura :

– Dites-moi une seule phrase qui résume tout ce savoir, toute cette sagesse. Une seule phrase avant ma mort !

– Sire, dit le conseiller, toute la sagesse du monde tient en deux mots : « Vivre l'instant. »

Direction artistique : Valérie Gautier
Conception graphique : Bénédicte Roscot
Iconographie : Karine Benzaquin
Suivi de fabrication : Charlotte Debiolles

Photogravure : Arts Graphiques du centre, Saint-Avertin
Impression : Mame Imprimeurs, Tours
Dépot légal : mars 2007-N° 60492-5 (07012166)

Gardez ce livre auprès de vous.
Ouvrez-le de temps en temps,
comme on rend visite à un ami.
Et si vous avez besoin d'un conseil,
d'une lumière sur votre route intime,
demandez-lui, par simple jeu.
Fermez les yeux.
Ouvrez le livre.
Ouvrez les yeux.
Remerciez qui vous voulez.